Charles Aznavour est né en France en 1924, de parents arméniens. Il a bâti une carrière de renommée internationale. Il est aujourd'hui le chanteur français le plus connu dans le monde.

www.charlesaznavour-lesite.fr

DU MÊME AUTEUR

Un homme et ses chansons
Hachette, 1994
et « Le Livre de poche », n° 13986

La Balade espagnole
Le Cherche-Midi, 1996

Mes chansons préférées
Éditions C. Pirot, 2000

Le Temps des avants
Flammarion, 2003
et « J'ai lu », n° 7551

Aznavour : images de ma vie
Flammarion, 2005

Mon père, ce géant
Flammarion, 2007

À voix basse
Don Quichotte éditions, 2009
et « Points », n° P2508

Aznavour – L'intégrale
Don Quichotte éditions, 2010
repris sous le titre
Chansons – L'intégrale
« Points », n° P2723

Charles Aznavour en haut de l'affiche
Flammarion, 2011

Charles Aznavour

D'UNE PORTE L'AUTRE

Don Quichotte éditions

TEXTE INTÉGRAL

ISBN 978-2-7578-3005-5
(ISBN 978-2-35949-044-2, 1re publication)

Prologue

Chers lecteurs, comme vous êtes sur le point d'ouvrir ce petit opuscule, je vais vous faire un aveu : je suis brouillon. Depuis toujours, j'ai beau ranger mes livres et mes affaires, remettre mes idées en place, il n'y a rien à faire. Je ne sais pourquoi ni comment, je les retrouve chaque fois dans un indescriptible mélange. Ainsi, lorsque j'écris, je saute d'un thème à un autre avec désinvolture, pour revenir plus loin au même sujet.

Mais que voulez-vous, l'ordre de mes pensées est celui de ma vie. Et elle ne s'est pas faite en ligne droite, loin de là. Si seulement j'avais suivi l'exemple de ma grande sœur Aïda, si seulement j'avais, dès mon plus jeune âge, eu l'heureuse initiative de tenir un journal, j'y aurais rangé mon quotidien, mes aventures, etc. Difficile, cependant, de faire marche arrière et de remonter le fil de mon existence jusqu'à mes dix ans !

Plus tard, j'ai pris conscience que tout n'était pas perdu, et qu'il n'était pas trop tard pour reprendre le cours du récit. Je me suis donc échiné à noter, dans ces petits carnets couverts de moleskine, tout ce qui m'intéressait et me touchait. Hélas, le premier volume, dix années de notes précieusement gardées, a fait l'affaire d'un voleur de bagages sur un vol entre Civitavecchia et la Sardaigne. L'homme a emporté une décennie de mes pensées ; moi, j'ai mis une décennie pour m'en remettre. Maintenant que je m'acharne, en homme de plume qui se respecte (cot cot cot codette), à plumer mon passé, je me rends compte à quel point le moleskine disparu m'aurait été utile.

Hélas ! Ce qui est fait est fait, alors fermons les regrets et ouvrons l'espérance.

Comme je ne suis pas homme à me laisser abattre, j'ai entamé il y a quatre ans un nouveau cahier de brouillon. Tout y est noté, en vrac, mes pensées y sautent du coq à l'âne dans le plus grand esprit de liberté. J'y ai mis un peu d'ordre pour vous, mais sans en changer toutefois la manière.

Vous êtes donc humblement prévenus et je vous remercie d'avance de bien vouloir accepter les mille et un tournants qui régissent mon discours.

Ce sont ces tournants, et rien d'autre, qui m'ont fait tel que je suis. Voilà pourquoi ils me sont si précieux.

Je n'ai choisi ni la ligne droite
Trop facile, ni la tortueuse
J'ai préféré la rocailleuse
Moins encombrée, puisque
Plus difficile
C'est celle qui mène
Quand on s'en donne la peine
Vers les sommets
Où l'air est le plus pur

Aux portes de la connaissance

« Tout vient à point à qui sait attendre », dit le proverbe. Je peux en témoigner.

La première fois que j'ai franchi la porte d'une université, j'avais déjà atteint l'âge du recteur en instance de retraite. Non contents de me vêtir d'une longue robe noire, mes hôtes m'avaient coiffé du chapeau carré et de son ineffable petit pompon, qui dansait gaiement à chacun de mes gestes au point que je devais le chasser comme une mèche rebelle. Après avoir écouté un discours élogieux, mon pompon virevoltant et moi-même nous vîmes remettre un diplôme entouré de ruban rouge. Ça y est, j'étais devenu « docteur honoris causa ». Quel programme ! Je guettai les transformations immédiates qui ne manqueraient pas de se faire dans mon corps après cette distinction. Mais non, j'eus beau attendre, rien ne vint : cet honneur, tout appréciable qu'il fût, non seulement il ne me fit pas grandir d'un centimètre mais, pire, il ne me remplit pas la tête des codes sociaux et des connaissances policées propres à mon nouveau statut. Mince, alors ! Je n'avais plus que deux solutions pour compenser le manque : arborer un maintien docte (du latin *doctus*, eh oui), en me montrant infatué de mon savoir – ça n'irait pas très loin – ou bien rester sobre et me conduire honorablement face aux personnalités érudites qui m'entouraient. Je choisis la seconde solution, en espérant très fort que mes petits camarades docteurs ne m'inviteraient pas à faire un discours. Devant cette assemblée de cerveaux, c'eût été la honte. Je n'aurais pas pu m'en sortir en leur chantant « Je m'voyais déjà ». Avec le pompon tournoyant, ça aurait fait désordre. Heureusement on ne me demanda rien, et j'eus le loisir de méditer tranquillement sur l'ironie du sort et les retournements du destin.

Savez-vous que je n'ai jamais été renvoyé d'un établissement scolaire ? La raison en est simple : passé mes dix ans et demi, je n'en ai plus fréquenté aucun, pauvreté oblige. Nous n'avions pas la chance, à l'époque, de bénéficier d'un enseignement gratuit. Il fallait payer, ou faire avec. Au choix.

Dommage, étudier dans un lycée prestigieux puis à l'université m'aurait permis d'acquérir un bagage intellectuel plus riche et plus fleuri. Mais je n'ai pas de regrets ; quand je regarde ce qu'a été ma vie entre mon certificat d'études et mon diplôme universitaire, je me dis : Mon petit Charles, tu n'as rien perdu au change.

Mon existence a été si riche en rebondissements et en imprévus… Si je vous la racontais sans rien omettre, vous seriez extrêmement surpris. J'ai visité des centaines de pays, rencontré des empereurs, des rois, des reines, des présidents. J'ai été reçu à la Maison-Blanche, au Kremlin, et j'en passe. Et pourtant, je me suis toujours senti comme certains héros de mes lectures enfantines. Tel le héros du *Tour du monde d'un gamin de Paris*, de Louis-Henri Boussenard, j'étais un petit Parisien, emporté dans une aventure extraordinaire. J'allais, les yeux ouverts et le cœur battant, ne sachant pas toujours bien comment me comporter ni où mettre mes mains. Si j'ai fini par apprendre, à force de répétitions, je ne me suis jamais senti très à l'aise dans les cadres officiels et policés. À deux exceptions près : l'Élysée, à Paris, et le palais présidentiel en Arménie. On se sent toujours bien chez soi et chez ses parents, non ?

En tout cas, j'ai côtoyé grâce à mon métier des gens bien supérieurs à ma condition, des génies, des intellectuels, des artistes de tous bords, des politiques de toutes les couleurs, des religieux de toutes les religions. Quand on fait des études poussées, c'est dans l'espoir qu'elles débouchent sur du solide, du concret, de l'exaltant, pas simplement pour accrocher un diplôme au-dessus de la cheminée de ses parents, non ? Moi, je n'ai pas eu le diplôme, pour le reste, j'ai été plutôt bien servi.

L'école a représenté dans ma vie un temps si bref que je ne peux en oublier le premier jour. J'étais encore enfant, et pourtant j'y voyais déjà le porche des possibles, sous lequel s'étendaient ces portes minuscules et essentielles, joliment nommées « livres », que l'on ouvrait sur un monde de connaissance. C'était d'abord des bâtons, puis des dessins, puis les lettres de l'alphabet et, enfin, la lecture tant espérée. De quoi se forger un petit savoir utile tout le long de notre existence, mais néanmoins insuffisant – croyez-le si vous voulez, à qui veut s'élever rien n'est suffisant. Quand la porte de l'école se referma sur moi, je décidai de ne pas m'arrêter en chemin. Personne ne pouvait m'apprendre ? Je formerais mon goût seul, au hasard des lectures et des découvertes.

Je fis un court passage à l'école centrale de TSF sise rue de la Lune à Paris, ma bonne ville, où je n'appris strictement rien – si ce n'est quelques astuces pour la réparation de radios marines. Comme je n'allais pas en mer, il n'y avait pas grand-chose là qui pût m'intéresser.

Guidé par mes admirations, j'entrai tête baissée dans les études de la vie et de la rue. Il me fallait travailler beaucoup, ce que je fis sans mal et, peu à peu, avec un vrai plaisir. Mais personne n'était là pour me tenir la main et m'ouvrir l'esprit. Personne pour défricher les zones difficiles et battre le chemin devant moi : je n'avais pas de professeur qui m'offrît le bénéfice de ce que le lycée et l'université lui avaient autrefois offert à lui-même.

Je me mis donc à écouter les conseils autour de moi, notamment ceux des libraires, me construisis ma propre anthologie de la culture universelle – à mon grand désespoir, je suis encore loin d'en avoir exploré l'intégralité – et veillai à fréquenter des personnes susceptibles de m'enrichir intellectuellement.

Combien de fois ai-je vu, par la suite, mes enfants rentrer à la maison avec des listes de lectures fournies par le professeur ! Moi, je n'étais plus écolier depuis bien longtemps lorsqu'on m'en proposa une pour la première fois. Mais cela valait le coup d'attendre, puisque la liste en question n'émanait rien moins que de Jean Cocteau. À l'époque, j'avais le privilège d'être invité régulièrement dans la très belle villa Santo Sospir, propriété de la célèbre mécène Francine Weisweiller, à Saint-Jean-Cap-Ferrat. Or, il se trouve que Mme Weisweiller hébergeait l'homme de lettres, pour qui elle nourrissait une admiration sans faille. Mes escapades en sa demeure m'offrirent l'occasion d'écouter le formidable conteur qu'était Cocteau, mais aussi de mettre ma timidité de côté en lui demandant quelques orientations littéraires. En jeune inculte, je voulais savoir quoi lire pour m'instruire un peu. Il me répondit de très bonne grâce, n'hésitant pas à me rédiger une liste, qui m'a hélas été volée depuis (tout comme notre correspondance, et celle que j'entretenais avec Édith Piaf). Je l'ai retrouvée des années plus tard, au hasard d'une lecture. Elle était rapportée par Carole Weisweiller, dans un livre sur Jean Marais.

Je ne peux, bien sûr, résister au plaisir de vous la livrer :

Adolphe, de Benjamin Constant
Impressions d'Afrique, de Raymond Roussel
Guerre et paix, de Léon Tolstoï
La Saga de Gösta Berling, de Selma Lagerlöf
Pan, de Knut Hamsun

Pelléas et Mélisande, de Maurice Maeterlinck
Le Rouge et le Noir, de Stendhal
Manon Lescaut, de l'abbé Prévost
Le Chevalier de Maison-Rouge, d'Alexandre Dumas
Splendeurs et misères des courtisanes, d'Honoré de Balzac
Le Diable au corps, de Raymond Radiguet
La Ballade de la geôle de Reading, d'Oscar Wilde
L'Idiot, de Dostoïevski
La Montagne magique, de Thomas Mann
Le Nègre du « Narcisse », de Joseph Conrad
Les Hauts de Hurlevent, d'Emily Brontë
Les Nouvelles fantastiques, d'Edgar Poe
Croc-Blanc, de Jack London
La Princesse de Clèves, de Madame de Lafayette

Une belle brochette, n'est-ce pas, propre à impressionner les plus bêtes que moi ?

Je m'empressai bien sûr de tout lire, de la première à la dernière ligne, exactement comme je fumais des cigarettes à m'en brûler les doigts, et tirai de l'heureuse expérience un précepte très simple : Si tu ne sais pas, demande. L'humilité et l'esprit curieux, loin d'être des tares, flatteront ton interlocuteur. Il se fera un plaisir de te renseigner ; et toi tu apprendras à moindres frais.

La liste de Jean Cocteau est révélatrice de ces chemins de traverse qui ont guidé mon instruction. Je ne suis toujours pas érudit, c'est vrai, mais les livres qui composent ma bibliothèque, je peux affirmer avec fierté que je les ai lus. J'ai souvent vu, chez mes hôtes, des ouvrages s'étendre en rayonnages entiers. Leurs couvertures étaient belles mais inertes, les reliures n'avaient pas été effleurées depuis des décennies. Que dis-je, des décennies ? Des siècles !

Je ne prétends pas, pour ma part, avoir retenu tout ce qui m'est tombé sous les yeux par le passé, mais de chaque livre il me reste un petit quelque chose, ce petit quelque chose de rien du tout qui, ajouté à la multitude des autres, m'a permis de devenir non pas un homme de culture, mais un homme de plume.

N'ayant aucun talent pictural
Je me console en peignant
Des textes de chansons

Longtemps on a analysé mon travail de chanteur, j'aimerais aujourd'hui que l'on prête attention à celui de l'auteur. Les journalistes m'ont toujours plus ou moins posé les mêmes questions, et moi j'ai toujours répondu, autant par automatisme que par courtoisie. Mais entre nous, j'attendais parfois autre chose de nos entretiens que ce sentiment de frustration qui nous assaille lorsque l'on prend conscience que notre interlocuteur, s'il nous a entendus, ne nous a pas écoutés. Quand comprendront-ils que les textes m'importent par-dessus tout, plus encore que la musique ? Ce sont eux qui me donnent le sentiment d'être utile, de construire quelque chose, d'élaborer une œuvre qui en vaut la peine.

Alors quand on m'adresse un courrier avec, pour

commencer, des compliments appuyés sur ma carrière et, pour finir, un texte de chanson accompagné de la mention mensongère « Je l'ai écrite en pensant à vous », je me marre. Pas besoin d'étudier l'œuvrette en long, en large et en travers pour conclure qu'elle ne me ressemble pas du tout et qu'elle a probablement fait le tour de mes confrères avant d'aboutir chez moi. Faut-il que l'expéditeur me prenne pour un imbécile ?

Comment ce malheureux truqueur peut-il croire, en faisant parvenir son texte à dix, quinze, vingt auteurs-interprètes différents, que l'un d'entre eux, au moins, va s'y reconnaître au point de le préférer à sa propre production ? Grave erreur.

Il m'est arrivé de chanter des textes qui n'étaient pas les miens, mais c'est justement parce que leur auteur les avait écrits pour toucher un auditoire, et pas pour me toucher moi (ou pire, moi parmi d'autres). Ils étaient beaux, susceptibles de parler au public, et entraient naturellement en résonance avec mon tour de chant, m'inspirant la composition d'une musique.

Allons, les amoureux du droit d'auteur, petits flatteurs sans envergure, ressaisissez-vous, cessez de nous prendre pour des poires à cueillir ! Lisez-nous avant que de nous envoyer vos textes sans imagination ni talent. Il y a une règle dans le métier que je me ferai un plaisir de vous apprendre : quatre rimes plus ou moins bien versifiées n'ont jamais fait une bonne chanson.

Il faut savoir remettre cent fois l'ouvrage sur le métier. Savez-vous que, pour ma part, j'ai commencé à faire la liste de mon tour de chant à l'Olympia dès le mois d'août 2010 ? Quand elle a été bien établie, je l'ai remaniée, remaniée, jusqu'au premier soir de concert. Il en est de même pour mes nouvelles chansons : je change sans cesse un mot par-ci, un mot par-là, jusqu'à l'enregistrement du futur album. Ce n'est pas que je sois perfectionniste, disons plutôt que je suis avec moi-même un casse-pieds de première. Jamais content, jamais satisfait. S'il m'en était donné le loisir, je repasserais volontiers sur mes premières chansons – je ne le fais pas, bien sûr, par fidélité à ceux qui les ont aimées.

J'ai fait chanter des mots
Sur des notes de musique
Avant que de me rendre compte
Que le mot est musique

Pour revenir à nos amis journalistes, avec qui je n'en ai pas terminé, j'aimerais que l'un d'entre eux, plutôt que de lire entre mes lignes ce que je n'ai jamais écrit, se penche un jour sur mes textes et les analyse depuis les débuts ; depuis mes chansons primaires, que je ne renie pas, jusqu'à mes préférées, mieux versifiées, plus abouties. Celles-là n'ont pas toujours atteint le million de disques, certaines n'ont même jamais eu leur place dans les tops, mais elles ont fait des millions d'heureux et, chose dont je ne suis pas peu fier, se sont installées dans la durée. Je leur réserve toujours une place de choix dans mon tour de chant, et n'hésite pas à leur sacrifier quelques succès trop attendus. L'auditoire peut s'en trouver d'abord décontenancé, mais généralement cela ne dure pas : il quitte les sentiers battus, découvre un terrain inexploré et finit par y trouver des richesses qu'il n'avait guère soupçonnées jusque-là ; tout comme l'auteur, qui commence par suivre une mode d'écriture, un soi-disant « mouvement », puis découvre que ce carcan le limite, l'empêchant d'exploiter les infinies possibilités de sa langue. L'art suit partout le même chemin, et il est naturellement plus profond lorsqu'il se libère. J'écris mieux aujourd'hui qu'hier et me concentre de plus en plus sur la rigueur et la précision de mon style. Autrefois j'étais exclusivement au service du public ; désormais je suis au service de la langue – ce qui n'enlève rien à mon public, au contraire.

Il y eut un temps où un sujet m'interpellait et m'incitait à écrire ; désormais le sujet n'est plus que le canevas de ma chanson. La vraie broderie, ce sont les phrases et les mots.

Durant le siège de Paris
Un cuisinier astucieux
Grand chasseur de rats
Servait à ses clients gastronomes
Affamés et ignorants, des
Rat goût de mouton
Rat goût de bœuf
Rat goût de veau
Rat goût de porc
Il faut dire que quand la famine s'incruste
On devient bien moins regardant

Un mot, un seul peut déterminer le contenu d'une chanson. On le nourrit, on le cajole, et le texte finit par se construire dans notre tête.

C'est du moins ce qui s'est passé dans la mienne avec le terme « flamenco ». Depuis longtemps, il me poursuivait, je le trouvais séduisant. Un jour, j'entrepris de me renseigner autour de moi : d'où venait-il ?

« De flamme », me dit quelqu'un.

C'était bien vague.

« De Flandre », me dit un autre, évoquant ce temps lointain où elle était occupée par les Espagnols.

Je n'étais pas plus avancé.

C'est mon ami Jean Reno, inconditionnel du flamenco, qui finalement m'ouvrit le sésame de ce mot étrange. Il ne m'en donna pas les racines, me dit seulement qu'il avait aussi un féminin, et m'en parla avec une passion si intense que j'en fus profondément touché. Suite à cette conversation, je décidai de ne plus m'embêter d'étymologie et choisis de rendre, dans une chanson, toute l'émotion que mon interlocuteur m'avait véhiculée par son discours.

Flamenca, flamenco
Mélopée triste et androgyne
D'où te viennent tes origines ?
De quel sang t'cs-tu abreuvée ?
Flamenca, flamenco
Entre tes enfers et l'Église

Entre le païen et le sacré
Tu caresses et tu martyrises
Cœurs et âmes vitriolés

Ce n'est là qu'un exemple, mais il est la preuve, je crois, que la saveur d'une chanson réside dans sa capacité à s'emparer d'un sujet à travers un mot, et de le faire sien. Ainsi lorsque je crée une chanson d'amour, je ne l'écris pas en pensant à une femme, mais à une phrase, celle dont la beauté saura toucher mon auditoire. Le public et la presse se sont longtemps étonnés que je puisse chanter sans mal des textes dérangeants. C'est parce qu'ils oublient que, chez moi, l'homme de scène n'existe que sur scène, et que l'homme d'écriture s'efface aussitôt le cahier refermé. Au quotidien, je redeviens cet individu pudique, qui hait les émissions-déballages, qui ferme à jamais aux curieux les portes de sa vie privée, et qui n'aurait pas idée d'aller raconter ce qui est du domaine de l'intime à la télévision ou dans un « article ciblé » (comme ils disent).

On peut donc, et c'est l'un des paradoxes savoureux de notre métier, être un homme réservé, voire timide, et s'exprimer sur tous les contenus. Quand je dis tous les contenus, je ne parle pas que des sujets polémiques, ou choquants. Je prétends seulement qu'à défaut de variété et de curiosité, un artiste se condamne à un personnage unique qui, à la longue, risque de fatiguer le public.

Personne ne peut savoir à l'avance comment évoluera son art, mais une chose est sûre, il doit évoluer. S'en tenir éternellement à du déjà-vu, déjà-fait, déjà-chanté, c'est un contresens pour un artiste.

Regardez Charles Trenet ! Il fut un aventurier, un défricheur de premier ordre. Il a su, en son époque, s'engouffrer dans des sujets inconnus comme on entre dans des jungles, et il a chamboulé, bouleversé, retourné la chanson française ; démodant au passage tout ce qui s'était écrit avant lui. Il y avait un risque, il l'a pris pour notre plus grand bien.

En refusant de se remettre en cause, de faire le pari d'un avenir différent, l'artiste frileux oublie le pari originel qui l'a incité un jour à emprunter la voie de la scène, qui l'a poussé à tout abandonner pour aller au-devant de son rêve, qui a parfois manqué de transformer son existence en cauchemar. Alors quoi ? Désormais, parce qu'il a connu un premier succès, il lui suffirait de ressasser le même disque et il se contenterait de ça ? Ce serait bien le meilleur moyen de tarir son talent.

Si on veut se saborder, on peut aussi tomber dans la niaiserie et la mélodie dégoulinantes, comme le fit, dans les années guimauves, une certaine génération de chanteurs. Je revois encore ces jeunes gens, à qui l'on fit croire qu'ils appartenaient à une race de génies de la musique, dont on loua les vers de mirliton, et qui durent se renouveler pour sortir ensuite la tête de l'eau. Heureusement qu'il y avait eu avant eux des Brassens et des Gainsbourg ; heureusement que notre cher public, avec ses oreilles éduquées, eut finalement le bon goût de redresser la barre, sinon nous n'en aurions toujours pas fini avec l'infantilisme gluant. Et je toucherais probablement la retraite Sacem de la ringardise.

Je n'ai rien à déclarer

Mais vous passez des mots
Des rimes et des phrases
Des notes, des accords
Des harmonies
Des mélodies
Il faut payer
La taxe sur la valeur ajoutée
Sur des septièmes augmentées

Mes phrases ne sont que des phrases

Tza tza, c'est vous qui le dites
Et nous pourrons vous le prouver
Car vous exportez des idées
Il vous faut donc en acquitter
Les droits
À qui de droit
Tout se paie ici-bas

L'expérience et la curiosité sont les deux ingrédients d'un œuvre réussi ; qui veut s'en passer se heurte à l'échec. N'oubliez pas que le chanteur est un cultivateur : s'il ne travaille pas, n'ensemence pas son patrimoine, un jour ou l'autre son chant devenu aride ne produit plus rien.

Personnellement, je m'acharne à repousser cette échéance. Chaque moment de retrouvailles avec la page blanche m'est un plaisir mêlé de doute, mais j'ai bon espoir que la petite rivière soit loin d'être tarie. Même lorsque mes cordes vocales seront définitivement atrophiées, je pense que ma main, elle, pourra encore écrire, et mon esprit l'irriguer.

Avec le temps, je sors de plus en plus des sentiers habituellement pratiqués. Ainsi j'écris au féminin. Vous trouvez que c'est un non-sens ? Eh bien vous avez tort. Cette part de féminité que tout homme nourrit en lui-même, rien ne sert de la nier. Tout artiste digne de ce nom devrait, au contraire, s'évertuer à la mettre en valeur dans son travail car elle répond au désir inconscient d'une partie de son public. Il y a mille manières de l'exprimer, selon l'art que l'on pratique. Chez moi cela passe par l'écriture, et une écriture rigoureuse.

Lorsque je m'installe à ma table de travail, avec cette passion qui ne m'a jamais quitté, le temps pour moi n'existe plus, les heures filent sans que je m'en aperçoive. Je n'ai soudain plus soif, ni faim, je suis indifférent au monde, ou plus exactement à tout ce qui dans le monde n'est pas mon sujet. Car un texte, qu'il soit dramatique, léger, grave ou franchement humoristique, ne doit pas être traité sans esprit de sérieux. Les mots choisis ne sont pas des mots jetés sur la page au hasard des envies.

Une rime est parfaite ou elle n'est pas.

Pour moi, « aimer » ne rime pas avec « parfait », ni « je t'aime » avec « sirène ». Il faut savoir chercher longtemps jusqu'à trouver la perle. Cela peut me prendre des heures, mais je me refuse chaque fois à sombrer dans l'à-peu-près. Ma chanson, je veux la construire comme un moteur de Ferrari.

Et autant vous dire que, bien souvent, ce ne sont pas des Ferrari qui bercent mes oreilles quand j'allume la radio.

Parfois, un heureux hasard me fait cependant découvrir à la télévision l'une de ces émissions de variété où jeunes et moins jeunes (à bas la ségrégation !) viennent nous montrer leurs talents en chantant pour de vrai. Tiens donc, me dis-je, les chaînes auraient-elles oublié d'imposer leur point de vue ? Y aurait-il eu une brèche dans le grand processus d'uniformisation ? Je vous rassure, vous qui vous inquiétez de voir de *vrais* chanteurs sur votre écran, ce genre de failles se produisent rarement, et la plupart du temps, je dois me coltiner ces programmes où chacun fait le poisson rouge dans son bocal en nous ressortant sa sempiternelle chanson de promo en play-back. L'interprétation est toujours la même – comment pourrait-il en être autrement puisque l'enregistrement qui défile, lui, ne change pas ? Le pauvre spectateur n'a plus sous les yeux que de simples machines à rabâcher. Elles n'ont d'autre talent que de replacer leurs lèvres là où il faut et de faire la grimace adéquate au bon moment.

Dire que ces jeunes gens rêvaient d'être des artistes inventifs, changeants, talentueux, interprétant au gré de l'état d'esprit du jour ! Hélas, les publicités, le minutage systématique et le manque d'imagination (le je-m'en-foutisme ?) des producteurs, leur terreur de ne pas faire l'audience souhaitée, tout cela a contribué à imposer des clichés périmés. La création est morte, à quelques exceptions près, et l'on nous donne à goûter une nourriture artistique rassise, sans saveur, ni couleur, ni plaisir.

À cette catégorie d'artistes, qui brille par le crétinisme de ses paroles, je ne saurais trop conseiller de revoir son répertoire : des phrases à la limite du non-sens (ou simplement du néant), une versification à faire se retourner dans leur tombe les plus grands de nos poètes, tout y passe.

Adieu Ronsard, Baudelaire, Apollinaire, Hugo, Verlaine. Au revoir Brassens, Ferré, Trenet, Gainsbourg. Et tant d'autres…

Finis, les bons, les vrais textes, qui faisaient à travers le monde la magnifique réputation de notre répertoire ! Avez-vous remarqué qu'aucune chanson française n'est plus traduite à l'étranger depuis bien longtemps ? Et pour cause : une fois débarrassés des cohortes de soi-disant chanteurs qui trouvent très raffinés de s'exprimer dans un anglais plus qu'approximatif – et qui osent parfois penser que cette initiative va leur ouvrir les portes de l'Amérique (ben voyons) –, nous n'avons plus grand-chose à nous mettre sous la dent. Nous pouvons toujours nous consoler en nous tournant vers cette nouvelle génération d'artistes dont les styles, les rythmes, les textes ambitieux et riches, nous font oublier les œuvrettes inutiles et sans saveur. Mais nous savons aussi qu'ils sont loin de représenter la majorité de la relève.

En tout cas, si les Américains doivent se fournir chez nous, ils iront plutôt piocher chez eux que dans les insipides répertoires de nombreuses radios, ou dans ces émissions-prétextes qui voient défiler les pseudo-Madonna et les pseudo-Céline Dion. Vous qui vous acharnez à copier leurs tubes d'une voix bêlante – en vous trompant si facilement sur la place de l'accent tonique –, cessez de perdre votre temps : les producteurs outre-Atlantique n'ont besoin de personne pour forger des succès et, surtout, ils n'aiment pas l'à-peu-près. Lorsqu'ils apprécient une chanson, ils la font traduire eux-mêmes, par les meilleurs paroliers. Vous gagnerez donc à ne pas leur mâcher le travail et à chanter dans votre langue. Entre nous soit dit, quand on sait tous les poètes et romanciers étrangers qui n'ont eu de cesse de s'exprimer en français, on comprend mal que vous le fuyiez de la sorte. J'ai moi-même fait le chemin inverse, alors je sais de quoi je parle : il m'a fallu faire traduire mes propres textes dans bien d'autres langues pour comprendre à quel point la mienne était riche, expressive, et quelles possibilités miraculeuses elle recélait pour qui savait s'en servir.

Vous insistez pour chanter en anglais ? Qu'à cela ne tienne. Soyez logique, efficace, et allez tenter votre chance à Londres ou à New York. Mais n'oubliez pas une chose, là-bas, quelle que soit la forme d'art que vous choisirez, on ne vous adoptera que pour deux raisons. Parce que vous serez meilleurs que l'artiste du cru ; parce que vous aurez créé quelque chose de nouveau, d'inattendu, de rentable. Et comme dirait le président français : « Je vais vous dire quelque chose », ils ont parfaitement raison. Inventez, donnez-vous du mal, évoluez ! C'est dans la peine que le talent se forge et non dans la facilité. Un destin ne se construit pas tout seul, par la simple magie du hasard – si c'était le cas, nous nous condamnerions à une vie sans liberté ni joie. Il faut l'aider, le courtiser, lui faire face.

Il croit, en écrivant des chansons
Dans un anglais que personne ne comprend
Qu'il peut nous faire oublier
Qu'il n'a aucun talent pour écrire
En français

Vous allez penser : Il pontifie, le petit Charles. Pas sûr. Savez-vous que je n'aime pas seulement mon métier, mais aussi ceux qui le pratiquent ? Se présenter sur une scène avec un tour de chant plus ou moins bien construit, la chose n'est pas facile. Il n'y a pas d'école pour apprendre, et ce ne sont pas les *Star Academy* ou autres *Nouvelle Star* – excellentes émissions de variété, au demeurant – qui vont aider nos artistes à forger leur univers. La chanson est un art populaire, qui se pratique au contact de la rue, du bon peuple et du cabaret. Or, quand je regarde certaines de nos jeunes chanteuses, mises à l'honneur dans les télé-crochets, je suis désolé par avance de ce qui les attend. C'est vrai qu'elles sont belles, et bien balancées. Rien à jeter, chez elles : elles ont dix-sept, dix-huit ans, un joli petit filet de voix. Il ne leur manque plus que le génie qui saura les propulser au firmament. Qu'elles se dépêchent de le trouver, alors, car si le talent s'accentue avec les années, la beauté s'altère et ne suffit bientôt plus à faire le succès.

Elle était belle
Un ravissement pour les yeux
Elle voulait chanter
Une calamité pour les oreilles
Je lui ai fait savoir
Que si l'amour était aveugle
Il n'était pas sourd
Cette phrase mit fin à nos amours
Brisant mes illusions
Me donnant pourtant raison
Quant à son talent

Plutôt que de produire des émissions insipides, plutôt que de pousser nos chanteurs à la banalité, pourquoi les producteurs ne remettraient-ils pas au goût du jour des spectacles variés, originaux ? Prenez l'opérette, spectacle complet par excellence, où les chanteurs sont aussi acteurs et danseurs. Voilà une bonne manière de stimuler la créativité de notre monde artistique ! Y participent des metteurs en scène, des chorégraphes, des designers, des chefs d'orchestre, des musiciens, des machinistes, des affichistes – dont beaucoup par le passé ont laissé leur nom dans l'art de la lithographie –, des auteurs, des paroliers, des compositeurs, et j'en passe...

L'opérette fait encore les beaux jours de nos pays voisins (Allemagne, Italie ou Autriche), souvent de nos provinces, mais à Paris, elle tend à sombrer dans l'oubli. Et vous savez comme moi que le passage parisien est généralement la condition de la reconnaissance. Londres, Berlin, Vienne, les noms se font dans les capitales.

Que s'est-il passé ? Les compositeurs les plus talentueux nous ont pourtant laissé des œuvres majeures, dans lesquelles certains de nos monstres sacrés, Jules Raimu, Fernandel, Yvonne Printemps, Jean Gabin, pour n'en citer que quelques-uns, firent leurs débuts. L'opérette permit au public de découvrir certains grands de la chanson : Georges Guétary, Luis Mariano, Annie Cordy, et même plus tard Bourvil. Fini ce temps-là. Je trouve très injuste que des artistes polyvalents, se produisant chaque année à travers la France, la Belgique et la Suisse, et n'ayant souvent rien à envier aux autres, ne bénéficient pas de la publicité que devraient leur valoir leur travail et leur talent. Et tout ça pourquoi ? Parce que nous n'avons pas de théâtre d'opérette dans notre capitale. Heureusement que Marseille a pris la relève grâce à son maire, Jean-Claude Gaudin, et au directeur de l'Odéon, Jean-Jacques Chazalet. On peut désormais assister là-bas à des opérettes de création et de répertoire, ainsi bien sûr que des opérettes typiquement marseillaises, dont l'humour nous rappelle les œuvres de Pagnol.

Pourquoi n'en faisons-nous pas autant à Paris ? Une salle dédiée aiderait au renouveau du genre. Le public retrouverait la saveur des années Mariano, quand les familles allaient le dimanche au théâtre, goûtaient au rire bon enfant, à l'émotion, à la découverte, et ressortaient avec des refrains plein la tête.

Aujourd'hui, grâce à nos arrangeurs, chefs d'orchestre et metteurs en scène, on arriverait à des choses formidables en termes de remue-ménage de rythmes et d'effets scéniques.

Je pense à cela bien souvent. Est-ce un doux rêve ? Peut-être pas. Si le ministère de la Culture voulait s'en mêler, je suis sûr que nombre de producteurs, d'éditeurs et de maisons de disques s'engouffreraient dans la brèche – une brèche qui, soit dit en passant, pourrait employer un nombre important d'intermittents du spectacle.

Il y a certainement beaucoup de chanteurs qui aimeraient se produire sur scène en tant qu'acteurs. L'opérette le leur permettrait. Moi, elle m'a fait rêver toute mon enfance. Lorsque j'en avais les moyens, j'allais applaudir Sacha Guitry, Victor Boucher ou bien Alibert, dans ses spectacles marseillais, et je m'imaginais sur les planches.

J'aime la performance que l'on donne devant une salle, le risque que l'on prend à se produire en public, l'effort de mémoire intense que cela demande. Je pense que je ne suis pas le seul. Si l'on se trompe au cinéma ou à la télévision, il suffit de couper et de recommencer. On joue à crédit. Sur scène, il faut payer comptant. La contrepartie de cette mise en danger, c'est le formidable champ de liberté que découvre l'acteur de théâtre dès qu'il endosse le costume de son personnage. Il lui suffit de changer de vêtements, ou simplement de chaussures, pour devenir un autre. Le chanteur, lui, ne possède pas immédiatement cette liberté, il doit la trouver tout en restant enfermé dans le carcan du texte, de la musique et de l'arrangement. Encore un fossé que comble l'opérette : comme elle synthétise les deux genres, chanson et jeu théâtral, elle est une mine de possibilités. Mais attention, elle demeure une discipline délicate : certains chanteurs, on le sait, jouent comme des amateurs ; certains acteurs chantent comme des débutants. La distance entre l'amateurisme et le professionnalisme est excessivement courte. Tout est question d'entraînement.

Je compose avec des notes de musique
Écris mes textes avec des notes que j'ai prises
Et cela fait une chanson
Me permettant de payer mes notes

Au seuil de l'automne

On ne se fait pas aux années qui s'effacent
On change d'attitude
Et tout au long des mois et des saisons qui passent
On en prend l'habitude
Lorsque les vingt ans fuient et les trente résonnent
On se dit qu'après tout c'est encor' loin l'automne
L'hiver et ses rigueurs et ses longs jours d'ennui
Nous semblent un horizon très lointain aujourd'hui
Et l'on fête gaiement chaque année qui se meurt
Comme se meurt notre âge
Traçant d'un socle lourd des sillons dans nos cœurs
Comme sur nos visages
Vient l'heure de l'oubli, de souffler les bougies
De fixer entre amis sur des photographies
Ces moments de la vie pour les graver en nous
En chantant à tue-tête
Happy Birthday to You
Ou si vous préférez, comme aurait dit Molière
Joyeux anniversaire

C’est en vivant que l’on apprend. Et à force d’apprendre, on finit par savoir que l’on ne sait rien. Le chemin, bizarrement, se fait à l’envers. Pour peu qu’on ait les pieds sur terre, plus les années avancent, plus on s’abstient de donner son avis sur les choses. Avec un peu de chance, on se met à écouter autrui, comme on s’écoutait naguère. Seuls les jeunes gens peuvent se permettre de juger, condamner leur temps, leur époque, et penser tout connaître. Après, c’est trop tard, on vieillit, on découvre sa propre ignorance, mais aussi sa propre sagesse. Et il faut être sage, croyez-moi, pour vous entendre, vous nos cadets, parler trop fort et trop haut, ne rien dire à grand renfort de mots, vous gargariser de vos discours. Il nous en faut, de la sagesse, pour nous contenter d’un petit mais tendre sourire en fermant notre gueule. Nous aimerions vous donner notre sentiment, mais heureusement, c’est un des bénéfices du temps qui passe, nous avons appris la patience : l’âge vous fera la leçon comme il nous l’a faite, alors buvez votre jeunesse sans scrupule, et les conneries qui vont avec.

La jeunesse, cet état de corps et d'esprit, ne dure hélas qu'un temps trop court. Mieux vaut ne pas la rater, croyez-m'en. Je l'ai vécue pour ma part sans modération aucune. J'ai été couche-tard, bout-en-train, friand de très jeunes blondes, buveur beaucoup, drogué jamais, fumeur surtout.

Pour boire, j'ai bu. Et putain, j'ai fumé. Mais je n'ai jamais perdu de vue qu'un jour je serais moins jeune, donc plus fragile, plus vulnérable. Je ne cherche pas à vous donner de leçons, mais plutôt à vous mettre en garde contre vous-mêmes. Vingt, trente, quarante, cinquante, soixante, soixante-dix, quatre-vingts et plus, j'ai eu tous ces âges, j'en ai connu les plaisirs et les difficultés et, voyez, je suis toujours sur pied. Je vous souhaite de vivre aussi longtemps que moi, et même davantage. Le capital santé vaut bien quelques petits sacrifices. Malheureusement il faut du temps pour se guérir de ces travers anodins qui finissent par peser dans la balance.

Plus j'en fais
Moins il m'en reste à faire
Plus j'en bois
Moins y en a dans mon verre
Plus j'en dis
Moins il m'en reste à dire
Plus je vis
Moins il m'en reste à vivre

La maladie du fumeur, je ne saurais même plus dire à quel âge je l'ai contractée. Douze ou treize ans peut-être. En ce temps-là, on pouvait fumer dans les salles de spectacle, et donc dans les cinémas. Quel autre lieu, je vous le demande, eût été plus propice à s'emboucaner les bronches sans se faire voir des parents ?

Si j'ai oublié le temps de la première cigarette, je me souviens en revanche de la première nausée. Je me revois rentrant chez moi, je me rappelle les rues, les escaliers, et puis la pièce qui tourbillonnent. Je m'étends sur le ventre, et en avant la valse ! Vais-je gerber ? Vais-je ne pas gerber ? Je ne gerbai pas, piètre victoire ! Si j'avais rendu tripes et boyaux à cette occasion, la malheureuse expérience m'aurait probablement suffi, et prémuni à jamais contre le tabac. Hélas, déjà cabotin malgré mon jeune âge, j'aimais l'image que la cigarette renvoyait au monde de ma petite personne. Fumer, n'était-ce pas faire montre de virilité ? Je choisis donc d'ignorer l'avertissement de mon estomac, et à force de détermination, j'en arrivai à griller mes trois paquets de gauloises bleues par jour.

J'ai vécu niché dans un nuage pendant près de trente ans. J'avalais la fumée, qui me laissait ici et là des taches jaune moutarde – à la commissure des lèvres (la droite), sur les deux doigts de la main (la droite aussi) – et descendait dans mes poumons en répandant la nicotine jusque dans le pouce de mon pied (gauche). J'étais cerné. Un jour enfin, la toux s'insinua dans mes bronches : on y était, j'avais tout du tubard. Il me fallut réagir, ce que je fis un matin, sans prévenir. La chose se passa à l'aéroport d'Edmonton, au Canada où j'étais en tournée.

Pourquoi là ? Je l'ignore. En tout cas la décision fut irréversible : je jetai mon paquet de gauloises en jurant qu'on ne m'y reprendrait plus. La chose était dite mais loin d'être faite, et je dois avouer que la désintoxication ne fut pas des plus faciles. Je choisis de me prendre moi-même à rebrousse-poil. Pour m'assurer que, dans les affres du manque, je ne courrais pas au premier débit de tabac venu, j'éparpillai des cigarettes partout autour de moi. J'en souffris le jour, j'en rêvai la nuit, il me fallut deux bonnes années pour pouvoir affirmer enfin : « Ça y est, je n'en ai plus envie. »

La guérison ne m'a rien coûté qu'une volonté farouche, je n'en dirais pas autant de la cigarette : une bronchite au printemps, une autre à l'automne, voilà pour l'addition.

Tousse, petit ! T'as voulu faire le beau avec la cibiche au bec, eh bien, paie maintenant !

Ne gâche pas ta vie
Il n'y aura pas
De second tour

L'âge, ça n'est pas comme la vérole, il n'existe pas de préservatif contre les dégâts qu'il engendre. Et quand je dis cela, je ne parle pas que des dégâts intérieurs : les bronches qui gémissent, la mémoire qui fout le camp, j'en passe… L'âge, ça vous tombe sur le râble irrémédiablement, de plus ou moins jolie manière, mais que vous le vouliez ou non, ça se reflète sur votre figure. Il y a des laids qui tirent leur épingle du jeu en vieillissant, qui deviennent, disons, pas trop mal, et des beaux qui, au contraire, finissent par ressembler à des pommes avariées. Que voulez-vous ? On ne peut pas tirer toute sa vie le bon numéro. Quoi qu'on en pense, quand la roue tourne, il faut savoir faire face à la situation. Ainsi l'homme laid que l'âge a miraculeusement embelli se découvre-t-il le charme qui lui manquait dans sa jeunesse ; et finit même par exciter la jalousie du bellâtre d'hier. Juste revanche, me direz-vous, juste retour des années d'attente. Le voilà soudain en première ligne des don juans de l'andropause, preuve qu'il ne faut jamais désespérer. Avec un peu de chance, il trouve son bonheur dans le périmètre de la maison de retraite que sa famille lui a choisie. L'aubaine ! Mme Rose Galipette, acceptez-vous de prendre pour époux M. Louis de la Tronche ? Oui ? Eh bien les jeux sont faits, l'amour est conclu. Pour l'immédiat ou pour l'éternité, les « jeunes » mariés peuvent s'embarquer sur la barque fragile d'un avenir de courte durée.

Le bellâtre, dépité, s'en remet quant à lui au bistouri du spécialiste et s'acharne par la chirurgie à réparer ses illusions. Mais cette tentative désespérée ne restaure rien. On est jeune, on vieillit, on finit vieux, c'est ainsi depuis que le monde est monde. Le couteau du diable accentue les défauts, donnant à l'heureux opéré – qui a entre-temps perdu une partie de la vue – l'arrière-goût de la fraîcheur et de la beauté.

« Vous ne paraissez pas votre âge, me dit un jour une connaissance. Moi, je vous aurais donné vingt ans de moins. » Et d'ajouter, l'œil avide : « Tout à fait entre nous, oserais-je vous demander – et je vous promets de ne le dévoiler à personne – quel est le magicien qui vous a opéré ? »

Malades, me dis-je en moi-même, ils sont tous malades, ces aficionados du scalpel et de la jeunesse retravaillée. J'avouai à l'inquisiteur m'être fait autrefois retoucher l'appendice nasal et planté un peu d'herbe fraîche sur le haut du front. Pour le reste, j'avais laissé la nature faire son travail et accepté son œuvre. L'autre ne me croyait pas et réclamait les coordonnées du chirurgien qui m'avait si habilement tiré la peau ! Un malade, je vous dis, et qui insistait, le bougre !

Faust n'a pas été opéré
Ça ne l'a pas empêché de finir en opéra

Un jour, la vieillesse nous prend, on l'aperçoit au bord du chemin, et il faut faire sa route avec. Les circonstances qui nous la révèlent sont souvent anodines. Pour moi, ce fut une bête histoire de coiffure. J'avais les cheveux un peu trop longs, ça faisait désordre, alors je pris la décision de me faire tailler les douilles en brosse. Question pratique, plus facile à coiffer. Je chargeai Caroline, notre parfaite secrétaire des Éditions Raoul Breton, de téléphoner à l'Aquarium, où officient les merlans qui me conviennent, et de me prendre un rendez-vous pour un programme Alouette.

« Pourquoi Alouette ? » me direz-vous.

Parce qu'on commence par plumer et les pieds, et les mains… et la tête. Alouette. (Oui, j'ai mes propres codes, il faut s'y faire.) Me voilà installé dans un fauteuil ressemblant à s'y méprendre à celui de mon dentiste, et livré aux bons soins d'une shampouineuse. Tandis qu'elle opérait sur mon crâne, elle était secondée à l'étage du dessous par la manucure. Pour les pieds, on attendrait un peu. Vint le génie des ciseaux et du peigne, et lorsque le travail fut achevé, je voulus admirer l'œuvre accomplie. Mes ongles étaient courts et bien coupés, quoiqu'un tantinet brillants. Or, en jetant les yeux sur le miroir, je me trouvai un regard inquiet, à la hauteur de l'inquiétante découverte que je venais de faire : des taches rousses, comme des taches de son, marquaient la peau de mes mains, habituellement lisse. Mes yeux remontèrent aux poignets ; tout cela avait pris un sérieux coup de vieux. Retour au miroir, autre constatation : mon regard devenu perçant vit de drôles d'ornières sillonner mon visage. Il fallut se rendre à l'évidence, je n'étais plus un jeune homme, loin de là ; pas encore un vieillard non plus, mais bien parti pour la vieillesse… J'avais eu beau courir, le quatrième âge venait de me rattraper. Ça m'a foutu un de ces chocs ! Mettez-vous à ma place : hier encore j'avais vingt ans, je l'ai dit, je l'ai chanté en cinq langues, je l'ai hurlé à tous les horizons ; aujourd'hui chez le coiffeur, mes vingt ans s'étaient évaporés.

Ces taches, je les voyais pour la première fois. Existaient-elles auparavant ? Avais-je refusé de leur prêter attention ? Impossible, je m'en serais rendu compte. Je fixai le miroir, il me renvoya carrément un reflet cadavérique : j'étais en phase finale. Je quittai mon fauteuil de torture et sortis prendre un petit remontant. Le premier verre ne me suffit pas, il m'en fallut un autre. Au quatrième, le moral était revenu. Après tout je n'avais pas vieilli, j'avais juste pris de l'âge. La belle expression…

Grâce à notre merveilleuse langue, je m'étais approprié cet état que d'autres appellent banalement « la vieillesse ». Et c'est d'un pas léger, enfin semi-léger, que je m'en retournai chez moi. Preuve que cultiver en soi-même le bonheur, c'est encore la meilleure façon d'être heureux.

Si tu enfonces trop profond
Ton clou dans le mur
Tu ne pourras pas accrocher ton tableau

Je ne prétends pas faire partie des petits rigolos, légers et inconstants, qui sautillent sur toute chose, mais je suis d'un naturel optimiste. Mieux encore, ce naturel, je le cultive. Ainsi je réserve la légèreté aux moments graves et délicats, ce qui me permet de prendre, quand c'est nécessaire, les choses avec insouciance et humour. Je crois que cette manière d'aborder le pire contribue à nous maintenir en bonne santé morale et physique.

Bien sûr, cet art de vivre s'accompagne d'une belle discipline, sans laquelle on ne peut oublier les douleurs que les années nous apportent. Moi, je l'ai construite par paliers : à trente-neuf ans, j'ai commencé à boire plus modérément ; aujourd'hui je ne me ressers plus de ce succulent mets, pourtant concocté avec amour. Je m'en tiens d'ailleurs à un seul repas en milieu de journée et, lorsque mes obligations me contraignent de dîner à l'extérieur, je saute le déjeuner pour ne pas me charger l'estomac. Adieu, soirées arrosées, nuits de folies et autres agapes !

Attention, mon mode de vie ne consiste pas à me priver de quoi que ce soit, au contraire. Je ne suis pas de régimes et ne me refuse jamais à goûter un bon vin. Car on peut s'offrir de tout sans excès, sans voir pour autant son poids grimper sur la balance.

Vous trouvez que je m'inflige des sacrifices ? Pas du tout, seulement je sais faire des compromis. Le seul moyen de ne pas vivre ses vieux jours comme une ruine, c'est de s'occuper de soi.

Tenez, par exemple, j'ai toujours été mauvais nageur. Eh bien je m'en moque, je nage. Dès que je trouve la moindre flaque d'eau, je m'y jette, lesté d'une ceinture spéciale qui m'empêche de me noyer. Quelques battements plus loin, je m'adonne à une série d'exercices visant à assouplir mon dos. Il n'a cessé de me faire des misères depuis mes vingt-cinq ans, pourtant, à force de l'entraîner, j'ai échappé à l'opération.

Bien sûr, il me reste encore des choses à améliorer. Je pourrais, au hasard, apprendre à ne pas quitter le lit dès que j'ai un œil ouvert. Rester un peu allongé, contempler le plafond, cela me permettrait de dormir plus de six heures par nuit et d'être parfois moins fébrile ou nerveux. Je pourrais aussi apprendre la patience et cesser de me précipiter sur le dernier gadget apparu dans mon magazine préféré – gadget dont je sais pertinemment qu'il finira dans le placard aux oubliettes après m'avoir amusé quarante-huit heures. Je pourrais enfin ne plus assister, pour faire plaisir à des amis ou des proches, à ces conférences, spectacles et expositions, dont je sais à l'avance que je vais m'y ennuyer à mourir. Les gens qui me sollicitent sont souvent charmants, et comme ils me trouvent en bonne forme pour mon âge, ils me croient naturellement increvable. S'ils me voyaient le matin au réveil, après une courte nuit de sommeil, nous en reparlerions. Au saut du lit (et quel saut !), j'ai l'impression d'avoir cent cinquante ans ! Heureusement, les choses s'arrangent après le petit-déjeuner.

Si vous voulez mon avis, rien de tel que d'être son propre arbitre pour vivre vieux et en bonne santé. Inventez votre manière de vivre, que diable ! Nul ne vous oblige à copier votre voisin, que vous admirez tant sous prétexte qu'il brûle la chandelle par les deux bouts.

Faire preuve d'un peu de sérieux et de retenue sans pour autant être emmerdant, c'est un équilibre à trouver. Mais rassurez-vous, on y arrive. Sauf, bien sûr, si l'on fait le choix de l'esthétique à tout prix, et que l'on promène partout sa face tirée de canard laqué en tremblotant, appuyé sur une canne.

Je préfère être un octogénaire au regard vif et aux mots alertes qu'une ruine essayant sans succès de faire croire à ce qu'elle n'est plus. J'ai eu le temps, jour après jour, mois après mois, année après année, de voir se transformer mes traits et s'affirmer mes convictions. Pourquoi aurais-je fait retoucher ce que la nature avait accompli pour moi ? Les sciences nouvelles et leurs trésors, tout cela ne m'a jamais vraiment attiré. Allons ! Imaginez la scène. Quel homme de mon âge aurait été assez ignare pour ne pas s'étonner de ce miracle qui m'aurait fait, un beau matin, paraître quarante ans de moins que lui ? Et un physique de jeune premier avec ça ! Seules les femmes supportent les transformations, le bistouri leur sourit plus qu'aux hommes. Il faut dire qu'elles commencent plus jeunes, ça aide.

Quoi qu'il en soit, on est moins pathétique avec ses rides et ses sillons. Fuir les marques du temps sur son visage, dans ses textes ou même dans sa musique, c'est effacer de son vécu et perdre un peu de soi. C'est pourquoi je me plais à interpréter des chansons qui vont avec mon âge. À quatre-vingt-sept ans, j'ai le bonheur de ressembler à un homme de quatre-vingt-sept ans, de chanter comme un homme de quatre-vingt-sept ans. Ainsi je rassure mon public – qui a tout de même vieilli avec moi –, les enfants de mon public, et même ses petits-enfants. Ceux-là viennent m'embrasser comme ils embrassent les plus âgés de la famille.

À l'âge où l'enfance revient
À pas comptés, voûté par l'âge
À l'âge où le mot lendemain
N'a plus cette force sauvage
Qui brûle tout sur son passage
À l'âge où le temps a le temps

Puisque distillé, puisque sage
Je veux m'asseoir devant ma porte
Pour regarder couler les ans
Et laisser venir en cohortes
Ces choses qui me semblaient mortes
Et qui revivent avec le temps

Comme une pendule que l'on remettrait brusquement à l'heure, je suis passé de l'âge d'été à l'âge d'automne. À quand la suite ? Je l'ignore, et c'est la tête haute, à grands pas trébuchants, que j'entre dans la phase finale de mon éducation « self-manisdique » (de *self-made man*, pour ceux qui préfèrent l'anglais). Cette éducation, j'ai bien l'intention de la peaufiner, et de plusieurs manières : je vais me corriger encore et encore, et tâcher de donner à mon moi une tournure dont je sois fier. Je vais tâcher d'apprendre l'art d'être grand-père. Je vais aussi écrire.

« Pour parler de quoi ? » me demanderez-vous.

De tout, de rien, vous répondrai-je, de ce qui se passe dans ma tête, mon cœur, et dans le monde autour de moi. Enfin je vais lire et rêver, sans relâche, comme le boulimique de savoir que j'ai toujours été. Je n'ai pas oublié que c'était avant tout ma grande capacité de lecture qui m'avait permis de m'instruire. Quatre-vingts ans que ça dure, je ne vais pas m'arrêter en si bon chemin !

« À votre âge, me rétorquerez-vous, ce serait à fonds et temps perdus. »

À fonds perdus, et après ? Quelques lignes encore avant de refermer le couvercle, c'est un petit luxe à s'offrir, je croix. Pardon, je voulais dire : je crois.

Vous insisterez alors, pensant bien faire : « Que de projets vous avez là ! »

Des projets ? Quels projets ? Par pitié, ne me cassez pas les pieds avec vos fadaises. Ces conneries-là, c'est fait pour la jeunesse, pour les débutants, ceux qui ont l'avenir devant eux. Mon avenir à moi, il y a belle lurette qu'il a disparu à l'horizon. Ne me reste que le survivre. Continuer, tenir, le voilà, le projet.

La situation est critique
Pour ne pas dire désespérée
Mais au point où en sont les choses
Il n'y a pas lieu de s'inquiéter

Chaque automne qui passe, je regarde avec plus de fascination le ballet des feuilles mortes, qui valsent, tournent et dansent, avant que de tomber mortes au pied des arbres. Elles me rappellent mes années perdues, celles dont mes traits ne portent pas tout à fait la trace et dont je me demande parfois si je les ai vraiment traversées. J'ai appris mille choses le long de mon existence. J'en ai oublié certaines, qui ne reviendront plus ; d'autres résistent, ressurgissent dans ma mémoire, m'attristent ou me font sourire. J'ai encore des visions plein la tête, qu'on appelle « souvenirs ». Ce sont des sons, des visages, des villes, villages et paysages ; ce sont des figures d'hommes et de femmes, intellectuels étonnants, artistes talentueux, connus ou inconnus des médias ; ce sont aussi des foules chaleureuses où l'on croise toutes classes de gens, toutes races et religions, et où l'on se jette, avide d'en rassasier sa tête et son cœur. En courant le monde, en m'abreuvant de langues (plus ou moins bien maîtrisées) et en apprenant à me sentir partout chez moi, je crois avoir vécu pleinement l'aventure de la vie et n'y avoir rien attrapé de mal. Paradoxalement, rides et cheveux blancs me sont apparus aux moments de sédentarisation.

Cela dit, si mon métier m'a tout apporté, il m'a fermé les yeux sur mille choses, et notamment sur la nature, dont les cycles pourtant nous racontent notre vie. Le temps est passé, indifférent, au rythme des saisons, et je me rends compte seulement aujourd'hui que, le front éternellement penché sur ma table de travail, je n'ai pas su profiter des douceurs du printemps. Désormais, je veux poser mon regard sur tout, et en prenant mon temps, s'il vous plaît. C'est une autre jeunesse qui s'ouvre à moi, plus calme, plus tendre, plus ouverte. Ma jeunesse sans chiffre d'âge, je ne veux pas la rater. À mon âge, j'ai encore des idées enfantines. Me payer un petit pain au chocolat pour mon quatre-heures, comme le faisaient les enfants de mon époque, rire pour des choses anodines, revoir tous les dessins animés de Walt Disney, et les autres, comme Félix le Chat.

Mardi pousse lundi
Qui a détruit dimanche
Chasseur du samedi
Qui lui
Prend sa revanche

Broyant le vendredi
Qui raie le jeudi
Braconnier du mercredi
Meurtrier du mardi
Et puis ça recommence
Sans haine et sans violence
Le jour qui vient de naître
Pousse le précédent
Avant de disparaître
Chassé par le suivant
Ainsi
Coule le temps
Passent les ans
File la vie
Eh oui

L'ultime porte

Des Irs

Le rire est le propre de l'homme
Courir est celui du cheval
Pourrir est celui de la pomme
Jouir le devoir conjugal
Nourrir est celui de la mère
S'enfuir celui du prisonnier
Souffrir la peur du pauvre hère
Pétrir celui du boulanger

Trahir est le plaisir du traître
Ouvrir celui de l'huîtrier
Bénir est le devoir du prêtre
Noircir la foi du charbonnier
Jaillir est celui de la source
Bondir le ressort du ballon
Ravir celui de la Grande Ourse
Courir la foi de Marathon

Unir est la fonction du maire
Chérir le bonheur des amants
Fourbir celui du militaire

Dormir celui du fainéant
Punir est le devoir du maître
Bâtir le bonheur du maçon
Offrir le plaisir de tout être
Grandir le but du petit con

Rougir est celui de la vierge
Haïr est celui du cocu
Saillir est celui de la verge
Surgir celui de l'inconnu
Blanchir c'est le divin mystère
Souffrir c'est le mal des humains
Vieillir c'est notre lot sur terre
Finir c'est le mot de la fin
Et mourir ça ne mène à rien

Il y a des millions d'années – que dis-je ! des millions, peut-être des milliards –, Dieu créa le ciel, les planètes, les mers, et probablement toutes ces choses que nous n'avons pas encore découvertes. Il fit son œuvre en six jours, s'offrant, le septième, un repos bien mérité. Depuis il a pris sa retraite, et tous les humains rêvent de faire de même. Presque tous. Je fais partie des gens qui n'admettent pas l'idée de terminer leur ouvrage.

Mon épouse, qui depuis plus de quarante ans fait son possible pour qu'on ne la remarque pas et qui, ma foi, y réussit plutôt bien, tâche tout de même de me convaincre de l'inverse. Ainsi chaque année, elle me répète gentiment mais sûrement que j'ai peut-être atteint l'âge limite, qu'il serait temps de passer à autre chose. Moi, je m'insurge : Si je m'arrête complètement, je vais prendre un sacré coup de vieux.

Prendre ma retraite, oui, mais de l'âge, non !

Je préfère encore me passer de l'une pour éviter l'autre. Si se retirer signifie cesser d'acquérir de l'expérience, ça ne m'intéresse pas du tout. Je me suis efforcé toute ma vie de combler mes lacunes, n'ai pas passé un jour sans tâcher d'apprendre une langue étrangère ou d'améliorer l'usage de ma langue maternelle. Je me vois mal mettre un terme à cette éducation avant le dernier souffle. Bien sûr, il m'arrive de me poser des questions : plus j'apprends, plus je prends la mesure des lacunes qui résistent, et que je n'aurai pas le temps de combler. Je suis un laborieux, un curieux, j'envie le savoir. Je regrette encore, malgré tous mes efforts, de n'avoir fait que survoler la littérature et songe avec amertume à ces innombrables merveilles que je laisserai derrière moi sans les avoir découvertes.

Pourtant je continue, avec acharnement, je tue les relents de tristesse par le travail.

Pour mon métier, je travaille.

Pour me distraire, je travaille.

Certains sont nés pour ne rien faire, moi, je travaille.

J'œuvre, je turbine, ne sachant rien faire d'autre.

Sans travail, pas de salut, pas de salaire, pas de trouvailles ni de découvertes.

Non, décidément, les vacances ne m'amusent guère, en travaillant je suis à mon affaire.

Je serai plus instruit
De ma mort
Que de mon vivant

Un jour prochain, il me faudra cependant pousser l'avant-dernière porte qui se présentera à moi, et que l'on nomme « retraite ». J'ai beau tourner et retourner le problème, je ne me sens pas le courage de biner mon jardin, suivi de mon chienchien, et de passer la soirée face à la télévision avant d'aller au lit. Je ne jette pas la pierre à ceux qui rêvent de cette vie-là, chacun sa manière, moi, elle ne me convient pas. La retraite porte mal son nom d'ailleurs, je l'appellerais plutôt l'antichambre de la mort. Question de point de vue.

Bref, comme mon épouse est entêtée, comme elle ne voit pas les choses de la même façon, j'ai accepté de prendre des demi-mesures : j'ai signé pour la semi-retraite, soit trente-cinq heures de travail par semi-semaine. N'est-ce pas là un compromis raisonnable ?

J'aime les mots qui riment
Comme « retraitable » et « regrettable »

Trêve de plaisanteries, une porte s'ouvre, une porte se ferme et, comme disait Molière, « il est bon de s'y tenir sans cesse préparé ». Soit, je m'y prépare, mais qu'on ne m'en demande pas plus. Je me sens très bien là où je suis, contrairement à d'autres qui nous font bénéficier de leurs états d'âme.

Je lis et entends depuis quelque temps des phrases lourdes de sens comme : « Je me retire car je ne veux pas finir comme un vieux chanteur. » En voilà une drôle d'expression ! À partir de quel âge, à quelle hauteur dc compte en banque devient-on un vieux chanteur ? Personnellement je l'ignore, et j'aurais même tendance à croire que cette notion est un leurre, un faux-fuyant. Ce n'est pas la vieillesse qui est au cœur du problème, mais la peur. Lorsqu'on avance en âge, toutes sortes de contrariétés légitimes nous assaillent : on ne veut pas voir finir sa vie, c'est une chose, mais tant qu'on est vivant, on s'inquiète aussi de la tournure qu'elle pourrait prendre. Tel artiste craindra de ne plus être à la hauteur de sa propre carrière ; tel autre de n'avoir plus envie de continuer dans le métier. Et les voilà qui mettent leurs interrogations sur le dos de l'âge – c'est qu'il a bon dos, l'âge !

Pourquoi dissimuler ses scrupules ? Moi, je ne vous cache pas les miens, à l'approche de ma première dernière tournée. Il faut dire que les questions se bousculent dans ma tête :

Puis-je assurer deux heures de tour de chant sans entracte ?

Ça devrait passer.

Et ma voix ?

Ça va encore, elle évoquera aux plus vieux l'époque où l'on me surnommait « l'enroué vers l'or » et donnera aux autres un aperçu de mon timbre rauque, autrefois si décrié.

Tout de même, je doute.

Mes auditeurs apprécieront-ils ? Que voudront-ils me voir faire ? L'acteur, le chanteur, l'auteur ?

Ces tourments sont bien présents à mon esprit, mais ils ne suffisent pas à décourager mon optimisme. J'ai en effet la faiblesse de croire que mon public ne viendra pas chercher en moi un nouveau Barychnikov ou un Caruso ; j'ai la naïveté de penser qu'il viendra écouter des chansons à texte, et qu'il aimera les entendre interprétées dans un cadre sobre, faiblement éclairé. J'entrerai en scène, m'installerai dans mon éternel haut fauteuil, et ferai cette chose qu'on m'a toujours vu faire et qu'on a tant dénigrée à mes débuts orageux : je lui raconterai des histoires, qui lui parleront de ma vie et sauront lui parler de la sienne.

Car chanter, qu'on se le dise, ce n'est pas seulement laisser échapper de sa bouche un son plus ou moins joli ; chanter, c'est avant tout s'exprimer, intéresser et émouvoir le public. Et il ne faut pas grand-chose pour y arriver. D'abord il faut y croire, et ne pas se sentir obligé d'en faire trop : on ne s'acquiert pas un auditoire en se contentant de courir d'un côté à l'autre de la scène, en déployant des fioritures, des tics et des trucs. Certains artistes, par exemple, refusent de se produire dans telle ou telle salle sous prétexte qu'elle n'offre pas de débouchés suffisants à leur « show ». Moi je me fiche de tout cela : si le lieu est bien agencé, bien sonorisé, si on y met un bon piano et qu'on y installe correctement le public, mon spectacle n'en pâtira pas. Mieux, il y gagnera peut-être.

La salle de concerts est un lieu. Ce qui la meuble en fait un décor. Quant à l'espace, c'est le chanteur qui le construit, à la force de ses textes, ses airs, ses manières, ses mimiques, et son humour parfois.

Les duperies et les spectacles parcs d'attractions ne trompent personne. Ils finissent même par agacer la salle qui ne s'y laisse bientôt plus prendre. Croyez-moi, j'en ai vu des carrières bien commencées s'effilocher jusqu'à disparaître pour des raisons aussi bêtes que celle-là : l'artiste voulait en faire trop, le public s'est senti floué, il n'a pas suivi.

Mieux vaut donc préférer les textes aux séduisants à-côtés.

Certaines charmantes et avenantes
Comédiennes
Qui nous ont aimablement
Et artistiquement montré leur derrière
À l'écran
Se sont vu attribuer
Chevalier dans l'ordre des Arts et des Lettres
De gauche comme de droite
On aura donc mis
Un peu plus de deux cents ans
Pour décorer les sans-culottes

Une chanson parle au public uniquement si elle nous vient du fond de l'âme, et paraît s'en écouler naturellement. Personne n'a envie d'entendre un artiste besogneux, concentré sur sa tâche ; on aime plutôt les êtres humains qui nous parlent, et nous livrent un peu de leurs pensées profondes. À mon sens, un interprète qui n'est pas ému de sa propre interprétation a manqué son objectif.

C'est pourquoi je fuis toutes les combines, même les plus innocentes.

Le rappel, pour ne vous donner qu'un exemple, en est une qui m'insupporte. Tel un pâtissier, l'artiste prépare sa pâte, la pétrit ; il fait ensuite monter la crème, et enfin seulement, si tout va bien, s'il sent que le dégustateur se lèche les babines, il ajoute la cerise sur le gâteau. Je regrette, je ne suis pas cuisinier, il n'y a pas de cerise sur mon gâteau. Vous pourrez battre le rappel sans cesse, je ne réapparaîtrai pas, ou si rarement qu'il vaut mieux ne pas en parler.

Cela vous étonne ? Je ne fais pourtant qu'obéir aux principes qui dirigent tous les autres arts scéniques.

Vous êtes à l'Opéra et Desdémone meurt. Vous vient-il à l'idée de réclamer à grands cris qu'elle se réveille pour en chanter une petite dernière ? Non. C'est pareil au théâtre. La pièce est finie, le rideau tombe. Vous applaudissez, vous vous levez éventuellement pour un hommage aux acteurs, mais ne réclamez pas une scène supplémentaire, que je sache. Dites-vous que le concert obéit aux mêmes règles. Voilà pourquoi je n'aime pas cette manière typiquement française de faire attendre le public dans le noir, de l'obliger à taper des pieds et des mains pour faire rappliquer l'artiste qui, de toute façon, finira par se montrer, c'est prévu. Je ne calcule pas : je donne tout et puis je pars ; je ne prévois pas de fausse sortie dix minutes avant la fin pour contraindre mon auditoire à flatter mon ego. Ce serait le prendre pour une oie, je n'aime pas ça, je ne marche pas dans la combine.

Que sommes-nous, les artistes, sinon des saltimbanques sédentarisés ? Soyons raisonnables, oublions la cuisse de Jupiter, la griserie des succès qui pousse à en faire trop, redevenons les amuseurs simples que nous savons être. Ce n'est pas une tare.

J'y vois, pour ma part, une forme de noblesse qui justifie que l'on pratique la scène jusqu'à plus soif.

Alors vous tous qui menacez de la déserter, compositeurs, auteurs, acteurs, cinéastes, architectes, écrivains, sculpteurs, peintres et j'en passe, creusez-vous un peu l'esprit ! Je suis sûr que vous trouverez facilement une raison de reporter votre retraite.

Regardez seulement autour de vous, vous verrez que je ne suis pas le seul à me battre pour mon petit coin de paradis ; vous découvrirez que certains de vos collègues, en France ou à l'étranger, s'embarrassent moins de complexes que vous. Les Américains tels que Frank Sinatra, Bing Crosby, Ray Charles, les peintres comme Picasso, Renoir ou Manet, les acteurs comme Michel Bouquet, Suzanne Flon, Jean Piat n'ont pas perdu de temps à se torturer les méninges. Ils ont continué et continuent à vivre de leur art sans se faire de bobos à la tête. Combien d'œuvres majeures ou de pages sublimes, de prestations extraordinaires nous ont été offertes par des hommes et des femmes qui avaient dépassé allégrement les quatre-vingts printemps ?

Alors oui, un jour on part, et c'est le lot de tous. De là à en faire un scénario catastrophe, il faut raison garder. Quelle que soit la pénibilité de notre métier – et Dieu sait qu'elle existe, et Dieu sait les cohortes de pénibles individus que l'on rencontre par chez nous –, je refuserai de m'en plaindre et irai au bout de mes forces. S'il ne doit subsister qu'un zeste de mon travail, qu'une poussière de ce que l'on appelle mon talent, je pourrai dire que ma vie n'aura pas été vaine.

Après coup, l'œuvre est tout ce qui
Subsiste d'un homme
Fut-il bon ou mauvais qu'importe
Seul le génie résiste

En attendant, c'est la rentrée des classes ! Trente-deux ans que je n'ai pas chanté à l'Olympia, c'est Paulette et Patricia Coquatrix qui vont être contentes. On me parle d'événement, tu parles, l'exagération est un des thèmes premiers de notre métier. Événement, événement pour quoi, pour qui ? Je m'en contrecarre le coquillard des événements, rien ne m'intéresse tant que de donner mon récital comme je l'ai toujours fait, c'est-à-dire avec sérieux.

Les chansons, ce n'est pas un problème, j'en ai plein mes tiroirs ; les paroles, c'est autre chose. Disons pudiquement que ma mémoire n'est pas à son zénith, et que je ne suis pas à l'abri d'un trou noir en plein concert. Afin d'éviter toute mésaventure de ce genre, je pourrais faire installer, sur scène, un pupitre avec mes textes imprimés en gros caractères. J'ai déjà expérimenté la chose à New York, en 1963, quand ma mémoire était bonne mais mon anglais chancelant. Je jetais des regards furtifs aux paroles sans complexe aucun, et ma foi, la presse outre-Atlantique, dans sa grande magnanimité, me pardonna cet écart : elle ne releva pas ce petit arrangement avec moi-même. Il est vrai qu'aux États-Unis, le prompteur est un accessoire de scène auquel beaucoup d'interprètes ont recours. Le public n'en fait pas un hot-dog pour si peu (je voulais dire un fromage). Qu'en est-il en France ? Nous verrons bien. Je ne vais pas me faire des nœuds au cerveau en attendant. Vous savez, il y a longtemps que je ne me berce plus d'illusions. Je prends le plaisir que je peux prendre sans me poser de questions. Dans une salle de spectacle, ceux qui sont là sont ceux qui vous aiment. Ils se sont offert leur place et n'attendent de vous que ce que vous êtes venu leur apporter.

Les chanteurs redoutent
Lors de leur prestation
L'extinction des feux de lumière
Et surtout de la voix

Le jour dit, j'arriverai de bonne heure, tôt avant le spectacle, pour me mettre dans le bain. On aura transporté dans ma loge mon clavier, mon ordinateur, ma télévision ; je pourrai recevoir tous mes rendez-vous, me raser sans me presser, m'habiller, regarder les actualités, échanger quelques idées avec mon chef d'orchestre, lire mon courrier, signer des autographes et, enfin, me concentrer en attendant le moment fatidique. À l'appel non pas du muezzin mais du régisseur, je monterai en coulisses et, puisque je suis là pour ça, j'entrerai en scène. Quoi de neuf ? Pas grand-chose, hormis quelques nouveautés. Une démarche un peu plus pesante, des cheveux un peu plus blancs, une voix plus racleuse… Après un mois de ce régime parisien, je me lancerai dans un tour de France, et puis après, advienne que pourra !

Il est des lieux remplis de magie
Des lieux qui ont un passé
Un parfum, un mystère
Des lieux qui vous collent à la peau
Qui finissent par faire partie de votre vie
Dont les noms vous reviennent
Sur les lèvres naturellement
Tant ils font partie de vous-même
Et l'Olympia est un de ces
Lieux de prestige et de privilège
Privilège de vous faire rêver
Que vous soyez d'un côté
Ou de l'autre de la rampe
Privilège de vous faire espérer
De vous y produire un jour
Pour y connaître la consécration
Celui de vous y produire
La peur au ventre
La première fois, la fois où tout
Peut basculer pour vous
Vers le haut ou le bas de l'affiche
Oui car
Ou que vous vous produisiez avant
Quel que soit votre trajet ensuite
L'Olympia est le lieu parisien
Reconnu de par le monde
Qui peut vous consacrer
Et vous sacrer
Vedette

Je ne sais si cet Olympia sera mon après-retraite ou mon avant-adieu, mais ce dont je suis sûr, c'est que le nombre de centenaires augmente chaque année, et que j'ai bien l'intention d'avoir ma place parmi eux. Ne suis-je pas sur la bonne voie ? Si les cent ans m'attendent au bout du chemin, cela signifie que j'ai seulement atteint les trois quarts de ma vie. Et soyons fous, imaginons que je les dépasse, mettons que je vive, disons, vingt ans de plus. Cent vingt printemps. Avec tout ce temps devant moi, je n'aurai plus qu'à repousser encore l'âge de la retraite.

Allons, j'ai toujours la force d'écrire, de monter sur scène, de râler et de boire un coup par-ci par-là. De quoi la faire attendre encore, la gueuse, et avec elle tous ceux qui me voudraient déjà dans la tombe.

On a annoncé ma mort par deux fois. Deux fois ! Je ne vous souhaite pas de vivre l'expérience, elle est très désagréable. La dernière plaisanterie (« les v'là qui r'comminchent », comme diraient les chtis), c'était il y a quelques mois, suite au concert que j'ai donné à Anvers. Quelle ne fut pas ma surprise de lire sur Internet le récit de ma propre fin. Et avec maints détails ! J'étais, paraît-il, dans un état pénible à voir, en proie à force tremblements, puis finalement décédé. Fin de l'histoire.

Quelle merveilleuse imagination ! En découvrant le sort qu'on m'avait réservé, je me suis naturellement précipité devant le miroir de la salle de bains. J'ai pensé : mort, je ne le suis pas, je m'en serais rendu compte, mais au bord du trépas, qui sait ? Les taches brunes étaient toujours sur mes mains, les ornières n'avaient pas déserté mon visage. Pour le reste, rien à signaler. Pourtant, croyez-moi, je me suis inspecté en long, en large et en travers.

Alors quoi ? Était-ce mon fantôme, là, dans le miroir ? Ignorant tout de la manière dont on se présente dans l'au-delà, j'étais bien embêté. J'ai donc appelé quelques amis pour tirer cette affaire au clair. Ils ne m'ont pas cru mort, mais fou.

Ah ça oui, j'étais fou… de rage. Moi qui ne me connais pas d'ennemis, moi qui mène une vie rangée dans laquelle le travail tient une place essentielle, je peine à comprendre ce qui a pu pousser ces courageux internautes, envieux et vicelards, à me faire cette macabre publicité. Qui sont ces colporteurs de mauvaises nouvelles ? Ces vipères, ces malades ? De vieux sataniques ou de jeunes défaitistes ? Des crétins malfaisants en manque d'humour ? Je l'ignore et j'essaie de m'en moquer.

Si mon discours venait toutefois aux oreilles de mes fossoyeurs, qu'ils les ouvrent grands : sachez que je me porte à merveille et que j'ai la ferme intention de vivre cent vingt ans ; peut-être de quoi vous survivre, à vous, les salopards camouflés dans l'anonymat de leur ordinateur. Soit dit en passant, si vous êtes à Paris au mois de septembre, venez revoir vos jugements à l'Olympia.

Heureusement que l'expérience nous donne quelques leçons de philosophie. Elles nous aident à supporter les attaques. Tout artiste qui avance en âge sait qu'une petite frange d'écrivailleurs se garde sa nécrologie sous le coude, au cas où. Il faut croire que la mort des uns nourrit les autres. Ainsi, certains apprentis écrivains sont capables, le moment venu, de sacrifier leurs jours et leurs nuits pour aller plus vite que la presse d'information, et d'écrire deux cents pages sur un chanteur défunt, alors même qu'ils ne l'ont jamais côtoyé ni interviewé. Cela donne l'un de ces chefs-d'œuvre mortuaires, dont la parution, quasi concomitante au décès, fait frémir les amis, admirateurs, et membres de la famille du disparu. Après tout, l'auteur s'en fout, l'important c'est de vendre. Et nous, les artistes, nous en prenons notre parti, nous contentant de guetter le nécro-littéraire embusqué avant qu'il ne frappe.

Vous ne pouvez pas imaginer à quel point je me méfie de ce qui se raconte sur moi, que cela passe par Internet, les livres ou bien les médias dans leur forme la plus traditionnelle. Souvent, lorsqu'un journal ou une radio nous ignore pendant des décennies, ne prend même pas la peine de nous critiquer ou de nous démolir, c'est qu'il y a anguille sous roche. J'en veux pour preuve cet important magazine de télévision, qui m'a banni de ses couvertures et, souvent même, de ses petites lignes. Si l'on demandait à son rédacteur en chef pourquoi, je suis persuadé qu'il ne saurait que répondre. Moi, je connais les raisons. La décision remonte en fait à un différend très ancien : à l'une de mes premières, un ancien rédacteur en chef de ce même magazine se jugea mal placé dans la salle par rapport à l'un de ses confrères. J'ai reçu de lui une lettre vengeresse. Vu son rang et sa position, il espérait bien être mis en valeur. Quelle prétention ! Quelle suffisance ! Et puis surtout, quelle méconnaissance du métier ! Comment l'homme avait-il pu s'imaginer que, dans une salle susceptible d'accueillir près de quatre mille spectateurs, je m'étais personnellement préoccupé de mal le placer ? L'artiste fournit une liste à son attaché de presse, mais n'a pas pour habitude de répartir ses invités dans le théâtre. Cet individu, chaises musicales obligent, a aujourd'hui disparu de la scène journalistique, mais ceux qui l'ont suivi ont continué de me traiter par l'ignorance. C'est bête, si bête qu'un âne en pleurerait. Je ne l'ai pas fait. Hélas, c'est ainsi : la méchanceté, on finit par s'y faire, mais la bêtise jamais.

Les mauvaises langues sont partout, et elles se privent rarement d'attaquer leur proie, j'en sais quelque chose. On s'étonne souvent que je vive à l'étranger, mais s'est-on seulement demandé ce qui m'a poussé à partir ? Comme écrirait Shakespeare, *that is the question*. Disons que ce choix est le fruit d'un passé douloureux dont j'ai fini par m'accommoder malgré les mensonges qui ont été racontés sur moi. Non seulement je n'ai jamais omis de payer mes impôts, mais je travaille avec la Sacem, mes éditions sont en France et mes musiciens français. Je mets au défi les esprits vicieux de soutenir le contraire.

La bêtise humaine est incommensurable
Elle est à la portée de tous
Pauvres, riche
Instruits ou ignarc
Bêtes ou intelligent

Heureusement, la calomnie n'a pas empêché mes concerts de remporter le succès, croyez-moi, et j'ai encore la chance, inouïe, de pouvoir choisir le moment où je m'arrêterai. Il semblerait d'ailleurs que ce moment soit venu. Je vais bientôt songer à tirer le rideau. Mais avant cela, je m'offrirai le luxe de jeter un œil sur le passé, pour le simple bonheur d'en retrouver un peu la saveur et les plaisirs.

J'ai connu l'excitation des premières fois, les entrées en scène frémissantes dans les temples mythiques du show-business, avec la peur au ventre et le doute chevillé au corps. Je sais aujourd'hui que tout cela ne se reproduira plus, que je ne goûterai plus jamais au risque de me présenter devant un public inconnu, venu par simple curiosité, sans rien savoir de moi. Que ne donnerais-je pas, mon Dieu, pour les vivre à nouveau, ces moments si effrayants et particuliers ! À l'époque, chaque porte était pour moi une porte d'entrée, qu'il fallait le plus souvent forcer ou enfoncer. Je trouvais la vie dure, la presse ingrate, le public point trop pressé de me juger formidable mais, enfin, l'excitation naissait de ce que tout était à construire. Année après année, j'ai franchi les seuils un à un, et les portes se sont à nouveau trouvées fermées. Cette fois, c'était derrière moi.

Car la vie fout le camp, quoi qu'on y fasse, cédant la place aux regrets ; l'aventure s'efface, laissant naître la routine. Je ne cherche pas à revivre ma jeunesse, non, mais je songe avec mélancolie à ses formidables élans. Il y eut une époque où l'inconnu du lendemain, le désir fou de savoir ce qui se cachait derrière les portes qui me barraient la route me poussaient vers l'avant. « Suis-je capable de cette folie ? » me disais-je, avant de la tenter, et de la réussir. J'avais le goût du pari, du défi, de l'aventure, en un mot de la jeunesse – et c'est bien normal puisque j'étais jeune.

Désormais, les défis sont derrière moi. Que ferai-je à l'Olympia que je n'aie jamais fait ailleurs ? Comment créer l'événement après avoir chanté dans tous les coins du monde, de Broadway à Londres, en passant par Tokyo et Moscou ?

Il faut dire que, le long de ma carrière, j'ai eu mon compte de concerts insolites. Il y eut d'abord la bibliothèque de New York, ce qui me fit dire, à l'époque, que « pour la première fois, je travaillais dans une bibliothèque » ; une barge également, comme dans le midi de la France. Le public observait depuis la côte et moi je me produisais en pleine mer ; des églises ici et là ; des places publiques enfin. Ainsi j'ai donné un concert au Mexique pour un auditoire qui n'avait pas les moyens de se payer des places. On appelait ce genre de prestation *gala por el pueblo*. J'oublie les mairies : j'ai retrouvé un jour une photo qui en témoigne. Je devais avoir quatorze ans, j'étais en costume de scène, un accordéoniste de mon âge m'accompagnait. Et puis les stades, le Kremlin – pas celui de Bicêtre, l'autre, de Moscou –, la Piazzetta San Marco, à Venise. Je suis allé plus loin encore, lorsque dernièrement, avec toute ma petite troupe de techniciens et de musiciens, j'ai été invité à chanter sur le toit de l'une des plus belles cathédrales au monde : le Duomo, à Milan. Plus céleste, cela ne doit pas être facile à trouver. Pour l'occasion, un van est venu nous cueillir à nos hôtels respectifs, et en avant pour le lieu saint ! À l'entrée des artistes – je devrais plutôt dire l'entrée des ecclésiastiques –, nous avons trouvé un service d'ordre impressionnant, *carabinieri* et policiers en pagaille. À croire que Corpus Deus était en danger.

Ajoutez à cela les camions de la Rai (la télévision italienne) et les gardes du corps du chef de l'État, Silvio Berlusconi lui-même ; ajoutez encore la foule des badauds et des photographes, et vous aurez une idée du spectacle. J'ai jeté, ou plutôt levé, un œil pour juger de la hauteur du bâtiment, soixante mètres de dentelle de pierre et de statues, et j'ai gentiment commencé à me sentir mal : au XVIe siècle, date d'achèvement de la construction de l'édifice, je crois savoir que les ascenseurs n'étaient pas de mode et, personnellement, la montée des escaliers m'est devenue un exercice quasi impossible. Je ne pouvais m'empêcher de songer qu'après s'être coltiné les innombrables marches, un quidam pris de vertige serait facilement redescendu la tête la première sur le plancher des vaches. Dieu merci, si j'ose dire, on avait installé un petit monte-charge métallique, le petit monte-charge du bon Dieu, pas très rassurant, rouillé, brinquebalant… Enfin, je suis tout de même arrivé là-haut – sur le toit du Duomo, j'entends – près, très près du Tout-Puissant, mais pas encore à côté. Je me suis dit, à quatre-vingt-six ans, vu le temps qu'il me reste à vivre, peut-être le Très-Haut s'est-il arrangé pour me faire monter vers lui afin de voir à quoi je pouvais bien ressembler. Dieu était déjà à son céleste balcon, le public aussi. Et pas n'importe quel public ! Vu le prix des places, vu le thème du gala – au profit de la réhabilitation de la cathédrale –, il y avait là, assis démocratiquement sur des blocs de pierre bien inconfortables, le haut du pavé smokinguisé et robe-du-soirisé. Salut la prostate des plus âgés et les fesses des belles dames ! Je pouvais voir mon ami Silvio au premier rang. Il était en pleine forme.

Sous les étoiles et la lune, en plus des éclairages, j'ai fait mon entrée et mon tour de chant moitié en français, moitié en langue du cru, s'il vous plaît. Une chose est sûre, les fesses sur la pierre dure ont obligé les spectateurs, en bons croyants, à faire pénitence, peut-être même pour la première et dernière fois de leur vie. Cela, ils ne l'oublieront pas de sitôt.

On prétend qu'un bon bâilleur
Peut en faire bâiller sept
Je connais un auteur
Qui à chaque première de ses pièces
En fait bâiller quinze cents

Quand j'aurai franchi la dernière porte, j'espère que mes enfants sauront la refermer sur mon passé. Que vont-ils s'encombrer des orchestrations, des milliers de photos, disques d'or, trophées, affiches de films marouflées qui ont reflété ma vie professionnelle ? Tout cela est si volumineux et mange une telle place, tout cela est si inutile, qu'ils s'en trouveront vite surchargés. Alors, du balai ! Comme j'aime les choses ordonnées, je préfère prendre sur moi de le passer moi-même. Le passé des uns ne peut être celui des autres, et leur futur encore moins, il faut savoir l'accepter. Au fond des tiroirs, derrière les portes de placards, se cachent des souvenirs qui ne demandent qu'à se transformer en gigantesques nids à poussière. On finit par ne plus trouver son chemin dans leur désordre indescriptible. Faisons place nette, que diable ! S'il doit subsister quelque chose de moi ou de mon travail, mes disques suffiront amplement. Vinyles, quarante-cinq tours, soixante-dix-huit tours, il faut dire que j'ai chanté sur tous les supports possibles, à l'exception des rouleaux, qui manquent à mon palmarès. C'est dommage, j'aurais aimé me vanter d'avoir eu Thomas Edison pour premier ingénieur du son.

Et si, par le plus grand des hasards, même mes disques devaient disparaître, je me contenterais d'un simple « la la la la », fredonné négligemment, ou bien lové, en signe d'une époque révolue, dans la mémoire chancelante de quelques anciens. Ce « la la la la » m'importe beaucoup plus, au fond, que mon nom dans l'histoire des poètes disparus.

Ce n'est pas que j'aie peur de la mort
Non, j'ai seulement peur de ne plus vivre

N'exagérons rien, je me préoccupe tout de même de ma propre disparition. S'endormir délicieusement, sans s'en apercevoir, tomber dans un sommeil profond, très profond, ne pas entendre la porte des ténèbres s'ouvrir en grinçant de tous ses gonds ni claquer derrière nous, sombrer dans cette éternité de prétendues promesses qui pourtant nous effraient, emporter avec nous les choses de notre existence, que peut-on se souhaiter de mieux à soi-même ?

Rien, à part peut-être que cela arrive le plus tard possible ; ou même pas du tout.

Je suis d'un naturel optimiste, je me garde cet espoir ; mais comme je suis aussi prévoyant, je me prépare à franchir un jour le seuil définitif. Tous les voyages que j'ai faits – et Dieu sait qu'il y en eut – n'auront été que de petites promenades de banlieue par rapport au dernier périple, celui dont aucune agence ni aucun lieu de culte ne peut vous fournir l'itinéraire détaillé : on vous informe du point de chute, et basta. J'aimerais pourtant bien en savoir davantage !

Chaque soir donc, avant de m'endormir, je me demande si je verrai encore le soleil se lever sur le monde de demain. C'est une angoisse récurrente, mais qui ne me dure jamais plus de quelques secondes. Elle s'estompe peu à peu, et je finis par succomber tranquillement au sommeil. « Comment arrive-t-on à dormir, me demanderez-vous, avec des idées pareilles ? » C'est plus fort que moi, je ne peux m'empêcher de garder une confiance inébranlable en madame la Vie. La preuve, chaque nouveau matin, elle m'attend de pied ferme, au lever, et me permet de repartir d'un pas alerte.

Si bien que, lorsque l'angoisse me saisit, j'écris

en moi-même de petits scénarios, histoire de dédramatiser l'affaire. Je me prends à songer aux pensées d'un époux, qui envisage sa propre fin aux côtés de sa femme, et j'en fais une historiette de mon cru :

« Je nous vois, toi et moi, tous les deux à l'étroit dans notre caveau, mais chacun du moins sous une forme différente. Tu as voulu, fille du Nord, être incinérée. La chaleur, toujours la chaleur… Et moi, je repose, solitaire, avec pour toute œuvre d'art un vase dans lequel tu gis à l'état de poussière.

Dire que je raffolais de l'art !

Dire que tu aimais tant passer l'aspirateur !

En tout cas tu ne te plains plus. Là-haut, tout était trop ceci, pas assez cela ; ici, rien à dire, c'est sombre et froid, sans âme, lugubre, on peut à peine remuer.

Un seul avantage, on n'est pas dérangés.

Il ne manquerait plus que ça, tiens !

Non, c'est sûr, on n'entend pas les voisins.

Pas de loyer, pas d'impôts, ni de tiers provisionnels à régler à tout prix, désormais tout est gratuit.

Et pourtant, il me faut l'avouer, mon passé de vivant me manque quelque peu ; malgré les douleurs et les maladies, les petits bobos, les escrocs, et les cons aussi, qui nous polluaient notre temps. Ah, le temps béni des emmerdeurs, des pique-assiette… Ici, pas besoin de surveiller son assiette : d'assiette, il n'y en a plus, ni personne pour la voler, nulle porte de sortie, une porte d'entrée et salut la compagnie, et nulle part où aller. »

Les prêtres sont les agents de
Publicité de Dieu
Les églises les succursales
D'une très vaste entreprise
Les lieux de culte des autres religions
La concurrence

Vous comprenez à présent pourquoi je déteste les cimetières, et plus encore les pierres tombales. Rien ne m'exaspère autant que leurs inscriptions ridicules et présomptueuses. « Ici, repose en paix… » Tu parles d'un repos, tu parles d'une paix ! Quel crétin peut se permettre d'être si catégorique et d'affirmer sans vergogne une telle ânerie ? La paix éternelle, ben voyons ! Cause toujours, toi qui prétends cela, attends d'y être toi-même et ensuite on verra.

Cette soi-disant paix, j'y ai accompagné trop de gens que j'aime. Si bien qu'à quatre-vingt-sept ans, je me sens un orphelin. On dit que les hommes ne pleurent pas. Pourquoi non ? Il m'arrive souvent d'y aller de ma larme, en pleine nuit, lorsque je songe à mes parents qui ne sont plus. Ce qu'ils sont devenus, je l'ignore, et ne connais que leur absence, comme celle de mes amis et de mes proches.

J'en ai suivi, des êtres chers, jusqu'à leur dernière demeure, et parfois même sous des pluies battantes. À chaque fois, c'est le même scénario : une lumière qui s'éteint et ne réapparaît plus. Seules l'amitié et l'admiration restent, lueurs dans le caveau de nos souvenirs, qui nous escortent en silence.

De la naissance on ne sait pas grand-chose, de la mort strictement rien, peut-être est-ce la raison pour laquelle elle nous paraît grave. Entre les deux, s'étend notre durée de vie ici-bas. Elle peut être longue, ce qui nous donne le temps de réfléchir à la suite, à ce moment fatal où une porte s'ouvrira et où l'on nous glissera derrière, que nous le voulions ou non. Ce jour venu, adieu, le soleil, la lune, les chansons, les amours, adieu, tout cela, et pour de bon. Il semblerait que l'aller soit sans retour.

Très bien, mais après ? Où sont-ils tous, ces croyants et ces non-croyants ? Dans quel enfer, quel paradis, quel cimetière abandonné ? Car on finit par abandonner les cimetières, quand la raison se fraie un passage en nous, tarissant nos larmes.

Mais l'essentiel souvent demeure : on ne se guérit pas de ses disparus.

Chaque jour qui passe, j'ai mal à ceux qui m'ont quitté. Alors je pense à mon quoi, mon où – d'autres diront leurs « racines » –, et j'en reviens inévitablement à mon enfance. Je me vois, petit, enfant de chœur par intérim à l'église Saint-Séverin. Ce n'était pas ma religion, et alors ? Dans n'importe quelle mosquée, cathédrale ou synagogue, le Très-Haut, Allah, Dieu ou Jéhovah qu'importe, accueille en son sein le croyant, pourvu qu'il veuille y croire.

Dieu se vend à merveille de nos jours
Sur des affiches ou en vitrine
On fait sa pub pour
Vendre livres et magazines

Ne prenant pas de droits d'auteur
De défraiements, de pourcentages
C'est tout bénef pour l'éditeur
Qui se paie de sacrés tirages
Au nom de Dieu
Oh nom de Dieu

Justement, ce n'est pas toujours facile, d'y croire, et chaque jour qui passe nous apporte son lot de doutes. Il faut dire qu'on nous abreuve de fariboles, sur le ciel, la Terre, les étoiles et l'univers divin. Moi, je suis resté éveillé une nuit entière, un 21 juillet 1969, pour voir les Américains alunir avec leur batterie d'engins motorisés, leurs tonnes de matériel et surtout – plus léger mais non moins significatif – ce drapeau étoilé qui, d'un seul geste, leur annexait la Lune. Tout ça pour quoi ? Pour ne trouver sur ce territoire aride, ce désert où nul être ne pourrait exister, aucun signe de vie. Ni eau, ni arbre, ni légume, ni fruit. Rien. Au milieu de la caillasse et de la poussière en veux-tu en voilà, pas le moindre signe pour rassurer l'humanité. C'était pourtant l'occasion rêvée de rencontrer le Très-Haut. Eh bien non, à croire qu'il se cache, honteux d'avoir créé une Terre où les hommes s'entre-dévorent. Parfait. Si Sa Majesté divine voulait faire dans le mystère, c'est réussi. La prochaine fois, je dormirai tranquille et lirai les journaux du lendemain. S'il y a quelque chose à se mettre sous la dent, la télévision se fera, j'en suis sûr, un plaisir de le livrer à nos yeux ébahis.

Il paraîtrait qu'en ce temps-là
Il y avait un pouvoir merveilleux
Dont le royaume était aux cieux
Et qu'on appelait Dieu
Je crois

Il paraîtrait qu'en ce temps-là
Il était connu de partout
On ne lui parlait qu'à genoux
Il régnait même sur les rois

Il paraîtrait qu'en ce temps-là
Je crois savoir que de ses mains
Il fit les lacs et les montagnes
Il pétrit l'homme et sa compagne
Conçut la nuit et le matin
Et mit le soleil dans l'azur
Les animaux dans la nature
Il y avait un pouvoir divin

De Dieu, je n'en connais qu'un, et les noms qu'on lui a donnés ne pourront rien changer à l'affaire. S'il a tout créé, il s'est donc créé lui-même, ce qui me fait penser qu'il est un *self-made God.*

J'ai d'excellents rapports avec lui sans être pour autant abonné au bénitier. Nos relations ont lieu dans l'intimité, selon un rituel des plus simples : je ne fais rien pour l'offenser et lui me laisse mener ma vie à ma guise. Ainsi, lorsque je décide de déguster un très bon vin, je lui en parle. Il ne m'empêche pas de le faire ? Alors je bois, partant du principe imparable que, s'il n'était pas d'accord, il s'en ouvrirait à moi. Jusque-là, il ne s'est jamais manifesté. Qui ne dit mot consent, n'est-ce pas ? Vous me trouvez peut-être léger dans mes propos – on ne plaisante pas à tort et à travers sur des sujets si sérieux –, eh bien moi, j'insiste : est-ce que ça n'a pas assez duré, cette culpabilité de principe ? Je vous demande un peu à quoi ça rime, le péché d'Adam et Ève. Pour ma part, je refuse de payer *ad vitam aeternam* pour un couple immature, et vous devriez en faire autant. Est-ce notre faute à nous, cette histoire de pomme ? Non, nous n'y sommes pour rien – pas plus que la jeunesse turque n'est responsable des errements de ses anciens, et du génocide des miens. Alors pourquoi acceptons-nous cette situation ? Pourquoi nous taisons-nous encore et toujours, au lieu de rendre la faute à ceux qui doivent l'assumer ?

Sur ce, fermons la parenthèse et comprenne qui voudra.

Écrire

Rêver, chercher, apprendre
N'avoir que l'écriture et pour maître et pour Dieu
Tendre à la perfection à s'en crever les yeux
Choquer l'ordre établi pour imposer ses vues
Pourfendre

Choisir, saisir, comprendre
Remettre son travail cent fois sur le métier
Salir la toile vierge et pour mieux la souiller
Faire hurler sans pudeur tous ses espaces nus
Surprendre

Traverser les brouillards de l'imagination
Déguiser le réel de lambeaux d'abstraction
Désenchaîner le trait par mille variations
Tuant les habitudes

Changer, créer, détruire
Pour briser les structures à jamais révolues
Prendre le contre-pied de tout ce qu'on a lu
S'investir dans son œuvre à cœur et corps veux-tu
Écrire

De peur, de sueur, d'angoisse
Et de doute planté comme un poignard au cœur
Rester cloîtré souffrant d'une étrange langueur
Qui s'estompe parfois mais qui refait bientôt
Surface

User de sa morale
En jouant sur les mœurs et les idées du temps
Imposer sa vision des choses et des gens
Quitte à être pourtant maudit, aller jusqu'au
Scandale

Capter de son sujet la moindre variation
Explorer sans relâche et la forme et le fond
Et puis l'œuvre achevée, tout remettre en question
Déchiré d'inquiétude

Souffrir, maudire, réduire
L'art à sa volonté et brûlant d'énergie
Donner au sujet mort comme un semblant de vie
Et lâchant ses démons sur la page engourdie
Écrire
Écrire
Écrire comme on parle et on crie

Une porte d'entrée
large comme l'espérance

Du ventre de la mère au ventre de la Terre
Une porte d'entrée large comme l'espérance
Plus tard une autre de sortie
Ouverte sur le doute, la peur
Et néanmoins l'espoir
Entre ces deux portes
La grande ouverture de la vie

C'était un 22 mai 1924.

Je me suis toujours enorgueilli de ma date de naissance printanière, et de sa concordance avec l'ordre des saisons. Leur déroulement, en effet, a beau être cyclique, c'est bien le printemps qui demeure la première de toutes, et porte en son sein les suivantes. Y compris la dernière, celle que l'on redoute par le sort inéluctable qu'elle nous réserve mais vers laquelle il faut, hélas, avancer toujours sans s'arrêter jamais.

D'où l'avantage, je vous assure, de voir le jour au mois de mai. On commence par le commencement, cela forge l'optimisme et la foi en l'avenir.

« Vous dites cela parce que vous êtes croyant ? »

Pas sûr. La foi est chez moi une chose compliquée, et non exempte de doute. (On dit qu'avec l'âge, c'est une chose qui s'arrange. J'attends, donc.) Mais si seulement Dieu existe, alors le mois de mai est le mois de Dieu, qui a nécessairement commencé par lui son ouvrage. Je parierais que le monde a vu le jour en cette jolie saison : j'imagine la nature s'y formant en boutons, les terres, les forêts, les mers et les océans s'y peuplant de poissons, d'insectes, d'oiseaux et de mammifères. Tout devait être si petit au printemps du monde. Avant que de grandir, il est probable que les arbres se soient trouvés à hauteur d'homme. Comment aurait-il pu en être autrement puisque l'échelle n'existait pas encore ? Mais c'est une autre histoire, sur laquelle nous ne nous attarderons pas ici.

Ce jour de mai, donc, au cœur du printemps, je poussai, en même temps que ma première porte, mon premier cri. Était-ce une note ? Nul ne le sait car, ma foi, personne n'y prêta attention. C'était le simple pleur de l'enfant mis au monde. Derrière cette cloison si imposante qui allait me faire entrer dans l'existence, il y avait mes parents et ma sœur, mais étrangement aucun journaliste, producteur ou éditeur. Cela non plus n'attira l'attention de personne. Pas même la mienne. Curieux, n'est-ce pas ? Je ne me rendis pas compte, sur le moment, que ce tout premier seuil franchi allait déterminer la suite de mon histoire.

J'entrai dans une curieuse famille, pauvre et riche d'amour, de tendresse et de soin. Je n'en étais pas le premier-né, mais le premier né en France. Mon existence toute neuve s'ouvrait sur une ville splendide, probablement l'une des plus belles et des plus intéressantes qu'il me serait jamais donné de rencontrer : Paris. J'apprendrais plus tard qu'elle se trouvait à des lieues et des lieues du pays où j'aurais dû normalement voir le jour ; que ce pays-là, même ma sœur, de seize mois mon aînée, et née à Salonique, n'en avait rien vu.

Mon nom, Aznavourian, était depuis un siècle attaché à l'exil. Partis en 1825 d'Erzeroum (Turquie), les frères Aznavourian avaient pris des chemins différents : le premier s'était dirigé vers la Géorgie, le deuxième vers l'Autriche, le troisième – ancêtre de mon père – vers l'Arménie. La famille de ma mère, elle, s'était fixée à Adapazari, en Turquie, mais c'est à Istanbul que mes parents se rencontrèrent. C'est aussi d'Istanbul qu'ils durent fuir pour sauver leur vie, et gagner la France. Ironie de l'histoire, cette destination était censée former une simple escale dans le voyage qui les mènerait jusqu'en Amérique. Elle devint leur pays et le mien.

Moi qui ai passionnément aimé mon lieu de naissance, j'ai longtemps voulu découvrir le leur. Je désirais connaître cette terre où ma mère avait vu le jour. Je n'en ai, hélas, pas eu la possibilité. Comme vous le savez, il n'a pas toujours fait bon être arménien en Turquie. Si seulement je m'y étais rendu il y a deux décennies, la simple consonance de mon nom aurait fermé les visages des autorités. Pourquoi aller les provoquer inutilement ? Je ne m'en sentais pas l'envie. Par la suite, lorsque le développement du tourisme et la perspective d'entrer un jour dans l'Union européenne déridèrent (un peu) le gouvernement turc, j'aurais pu envisager un voyage. Mais le malheur, hélas, s'en mêla, un tremblement de terre dévasta Adapazari. Le cœur alors me manqua. Une décennie plus tôt, le séisme de Gumri m'avait déjà laissé dans la bouche un goût de cendre. Je ne voulais plus, dans aucun pays du monde, affronter cette désolation. Et puis cela m'aurait fait penser aux populations arméniennes, à l'époque où le pays était le plus grand étal de boucher au monde.

Pour remonter jusqu'à mes racines paternelles, je dus laisser passer bien du temps mais parvins tout de même à mes fins. Il y eut une époque, en effet, où je ne pouvais entrer en Géorgie, non pas à cause de mon arménité cette fois, mais parce que la région, devenue soviétique, était protégée par une administration dont les formalités auraient dissuadé plus d'un voyageur.

La première fois que je réussis à y pénétrer, ce fut en avion présidentiel. J'accompagnai en effet le président du Sénat René Monory dans une visite au président géorgien de l'époque, M. Edouard Chevardnadze. Mais le temps nous fut compté et je dus me contenter d'une visite partielle de la très belle et ancienne capitale Tbilissi, autrefois appelée Tiflis, et construite, paraît-il, presque entièrement par les Arméniens. Je rentrai en France ravi d'avoir appris cela, mais un peu déçu de n'avoir pas exploré les alentours de la ville, voire les terres profondes. Si seulement j'avais pu aller jusqu'à l'imprononçable Akhalkalak, la région de Misha, mon père ! Ce ne serait pas pour cette fois.

Les années passent, les temps et les présidents changent. Ainsi le suivant me fit-il l'honneur et le plaisir de m'inviter pour un déjeuner géorgien dans sa capitale.

Cette fois-ci, ce ne fut pas l'avion privé du président français qui me servit de véhicule, mais celui de son homologue arménien Robert Kotcharian, qui l'avait élégamment mis à notre disposition. La Géorgie, vous l'ignorez peut-être, est frontalière de l'Arménie : cinq cent mille Arméniens y vivent. Nés sur place, ils sont absolument intégrés et assimilés, ce qui justifia probablement le désir de M. Kotcharian de les considérer comme appartenant toujours à la communauté.

Je m'envolai donc pour Tbilissi, en compagnie de mon inséparable ami Levon Sayan, de Gérard Margossian, le représentant de l'association Aznavour pour l'Arménie, et de l'ambassadeur arménien en France, son excellence Edouard Nalbandian.

Nous fûmes reçus par le jeune (aussi bien en âge qu'en fonctions) président géorgien Mikhaïl Saakachvili. Oh merveille ! Il parlait un français parfait – ce qui valait mieux car le géorgien, vous vous en doutez, n'est pas une langue facile. Le déjeuner fut excellent, convivial, mais la cerise sur le gâteau vint après, lorsque notre petite délégation prit place dans l'hélicoptère du chef d'État. Enfin on m'emmenait à l'endroit où mon père était né.

J'étais sur des charbons ardents.

Quelle ne fut pas ma surprise à l'arrivée, lorsque des milliers de personnes nous accueillirent. Sur une place publique, on avait organisé à notre intention un spectacle qui nous laissa bouche bée. Parmi les numéros, une troupe de très jeunes danseurs, presque des enfants, qui exécutèrent la danse caucasienne, revêtus de la traditionnelle *tcherkezska* : les garçons portaient les cartouchières de part et d'autre de la poitrine, le poignard à la ceinture et le *papakh* sur la tête ; les filles arboraient des robes longues. Tandis qu'elles se mouvaient gracieusement, les danseurs les plus virils évoluaient sur la pointe des pieds, dans des bottes de cuir souples et sans semelles, et faisaient ici ou là des bonds de cabri. J'avais déjà vu ce genre de ballet par le passé, mais jamais dansé avec tant de fougue et d'ardeur par des artistes si juvéniles. Une vraie révélation. Deux excellentes chanteuses du cru vinrent ensuite donner un récital, au terme duquel nous dûmes nous retirer. Notre temps était compté.

On nous emmena alors dans le quartier historique de la famille Aznavourian, à la découverte de la maison de mon père. Vaste plaisanterie. Moi qui m'imaginais retrouver enfin les racines de mon géniteur, je rencontrai la plus belle meute de menteurs que l'on pût imaginer : tous étaient, de près ou de loin, mes cousins et cousines ; tous me désignaient une maison différente en me soutenant qu'elle était celle de ma famille paternelle ; tous avaient quelque chose à dire et à montrer au point que je ne savais plus où donner de la tête.

Dans le désordre général, il y eut tout de même quelqu'un pour me taper légèrement sur l'épaule et m'arrêter à un endroit précis. « Ici, me dit l'homme, sous vos pieds, se trouvait véritablement la maison des Aznavourian. Elle a été détruite sous le gouvernement soviétique. Ce petit verger, derrière vous, appartenait aussi à notre famille. »

Je m'étonnai : « Notre famille ?

– Oui », répondit-il sobrement, et il sortit d'une

grande enveloppe un très vieux papier : l'officiel acte de propriété de la maison familiale. « Je suis votre arrière-petit-cousin, me dit-il en devinant ma future question, de la famille de votre grand-mère, dont le nom de jeune fille était Soudjian ! »

Je demeurai un moment ébahi, incapable de prononcer un mot. Et puis j'éclatai de rire. À l'exception de cet homme, mon cousin authentique, tous les soi-disant parents que j'avais rencontrés jusque-là m'avaient en réalité servi la plus belle brochette de salades qui soit. J'aurais pu mal le prendre, bizarrement ce fut l'inverse, et je me sentis soudain porté par un formidable élan de tendresse et d'amitié à l'égard de ces femmes et de ces hommes qui voulaient à tout prix être mes cousins.

Nous nous dirigeâmes bientôt vers le champ où nous attendait l'hélicoptère. Accompagné par cette foule de cousins virtuels qui me parlaient, me serraient les mains, au milieu de ces bouches jeunes et vieilles posées sans pudeur sur mes joues, je progressai vers la libellule d'acier qui devait m'emporter loin d'eux. J'avais le cœur serré quand elle s'envola.

Comme le paysage défilait sous l'engin porteur et que le calme revenait autour de moi, j'eus le loisir de me poser toutes ces questions auxquelles nul ne pourrait jamais répondre : c'était donc là qu'il avait vécu. Comment était ce petit garçon qui deviendrait mon père ? Quel genre d'enfant, de jeune homme ? Quels étaient ses rêves ? Les quoi, les qui, les comment se bousculaient dans ma tête. Pourquoi était-il parti pour Istanbul ? Comment avait-il connu ma mère ? La suite, j'arrivais à l'imaginer, à défaut de la connaître : la Grèce, la naissance de ma sœur Aïda, la France, ma venue au monde, l'engagement volontaire de mon père dans l'armée, la Résistance, et puis le reste.

C'est donc ça, une existence : on naît quelque part, les événements nous contraignent à partir, alors on apprend à vivre autrement, à manger autre chose, à penser différemment, on fait avec, quoi ! Et pour finir, on s'éteint dans cet ailleurs, loin de ses racines, de sa culture. C'est ce que mes parents ont fait, et ils n'ont pas eu à se plaindre. Pour ces rescapés de l'enfer et leur descendance, la France allait devenir un paradis au doux nom de Quartier latin.

22 mai 1924. C'est dans ce paradis-là que j'ouvris les yeux. Une chance inouïe, n'est-ce pas ? Première adresse au 38, rue Monsieur-le-Prince, eh oui, mon bon prince, cela ne s'invente pas. Tel est le début du roman que le père Destin voulut bien écrire pour moi. Il le fit commencer à deux pas de la Sorbonne, me donnant ainsi la première opportunité de ma jeune existence. Les rues, les immeubles, les bras de la Seine, tout autour de moi me bercerait d'art et de belles lettres.

J'appris très vite la langue française – quoi d'étonnant dans un tel décor ?

Je me rappelle encore mon oral du certificat d'études. À dix ans, je connaissais « La Marseillaise » sur le bout de mes petits doigts et de mes lèvres, bien sûr. Cela tombait bien puisqu'il fallait chanter. J'avais commencé ce jour-là par un grand succès de l'époque : « Marinella », du répertoire de Tino Rossi.

« Quel est votre nom ? me demanda mon examinateur sitôt que j'en eus fini avec ma prestation.

– Charles Aznavourian, répondis-je.

– Eh bien, renchérit l'homme, Charles Aznavourian, chantez-moi “La Marseillaise”. »

Je m'exécutai : premier couplet, deuxième couplet, bientôt le troisième. On m'arrêta en plein vol. Moi, j'étais prêt à continuer, je n'avais pas épuisé mes réserves. J'aurais pu, au grand étonnement de mon examinateur, dérouler cette belle langue tout le long des sept strophes.

Si elle avait été ma langue maternelle, peut-être n'aurais-je pas mis tant d'ardeur à la comprendre et à la maîtriser. Mais en tant que belle étrangère, elle figurait un idéal à atteindre.

Ne vous êtes-vous jamais demandé pourquoi un si grand nombre d'artistes sont issus de familles étrangères ? Béart, Brassens, Ferré, Ferrat, Moustaki, Lemay, Barbara, Brel, et j'en passe… Peut-être ces auteurs-interprètes ont-ils une chose en commun : une autre vision de notre pays, un cœur battant au même rythme que le public, mais aussi un amour profond de notre langue. Ainsi voient-ils, comme les peintres venus d'ailleurs, des choses que d'autres ne voient pas.

En tout cas, je crois que c'est le plaisir rencontré, enfant, dans l'apprentissage de la langue, qui me poussa par la suite à en découvrir tant d'autres, à les mettre en musique, et à me forger une carrière internationale : il y eut l'espagnol, l'anglais bien sûr, l'italien, le napolitain, quelques mots de russe, d'allemand, de turc aussi, car je ne suis pas sectaire, et enfin, « merci » dans une bonne quinzaine de dialectes (ça peut toujours servir). Un terme par-ci, un terme par-là, je suis aujourd'hui une drôle de vache espagnole. Et qui chante, en plus !

Devenu ambassadeur
J'ai voulu me familiariser avec une langue diplomatique
Très répandue dans le monde
Eh bien, je vais être très franc
Celle-là, je n'ai pas réussi à l'apprendre
Elle était de bois

« Mais l'arménien dans tout ça ? » me direz-vous. Curieux, en effet, de voir comme il s'est trouvé, avec le temps, relégué à la seconde place, après le français… La chose s'est faite sans effort, pour ne pas dire naturellement.

Point d'inquiétude, cela dit, même s'il faut emprunter des chemins détournés, on finit toujours par revenir à ses racines : j'ai chanté dernièrement dans ma langue maternelle. C'est à mes yeux une belle façon de boucler la boucle.

Que voulez-vous ? Je suis comme le café au lait. Une fois les deux ingrédients mélangés, on ne peut plus les séparer. L'image vous fait rire ? C'est pourtant celle qui définit le mieux ma double identité. Elle me vint en 1988, après le tremblement de terre arménien. Comme je m'étais engagé à aider le pays de mes ancêtres, la presse n'eut soudain qu'une seule interrogation à la bouche : « Vous sentez-vous plutôt français ou arménien ? »

Quelle drôle de question ! Fallait-il forcément choisir ? Le café au lait était la preuve que non, je m'en servis donc pour clouer le bec à mes interlocuteurs.

J'ai aussi pris l'habitude de me définir comme un frère siamois. À ce détail près que si des chirurgiens de génie peuvent aujourd'hui séparer ce genre de jumeaux, l'initiative, dans mon cas, serait vouée à l'échec. Aucun praticien au monde – hormis Dieu, et encore – ne pourrait réussir ce miracle.

Comment imaginer de séparer mes deux amours, mes deux coutumes et cultures ? Elles forment en moi un inextricable désordre de qualités et de défauts : j'ai eu beau traverser le globe, mon accent et mes allures de titi parisien, que d'aucuns disent inimitables, ne m'ont jamais quitté ; à l'inverse, je chante d'une manière très orientale. Il n'y a rien à démêler à tout ça, Orient et Occident ont toujours cohabité chez moi en bonne intelligence.

Je n'ai pas eu à renier le moindre de mes ingrédients, pour cette simple raison que, aux yeux des xénophobes de tout poil, je n'existais même pas.

« Vous êtes d'où, vous ? me disait-on.

– De France. Je suis né à Paris.

– Et ce nom, Aznavourian, il est d'où ?

– D'Arménie. Je suis d'origine arménienne.

– Arménienne, arménienne, c'est où, ça, l'Arménie ?

– Dans le Caucase.

– Et quelle langue parlez-vous ?
– L'arménien.
– Ça ressemble au russe ?
– Non, à l'arménien.
– C'est comme l'araméen ?
– Non, comme l'arménien.
– Ah.
– C'est comme aucune autre langue. »

Tout était dit, impossible de me classer, alors on me fichait la paix.

Mes compatriotes et moi n'étions, pour reprendre la délicieuse terminologie du racisme ordinaire, ni des macaronis, ni des youpins, pas même des rosbifs ou des têtes de Schleus. Nous venions d'un monde inconnu. Pire encore, certains membres de la communauté, dont mes parents, n'avaient pour tout moyen d'identification qu'un passeport Nansen, autrement dit un passeport d'apatride, de sans-patrie. Comment invente-t-on une insulte pour des gens qui n'ont pas de pays ? Trop compliqué, personne n'en prit l'initiative et nous pûmes vivre paisiblement dans l'harmonie de nos deux cultures. Aujourd'hui les choses ont changé, on nous situe un peu mieux. Pour beaucoup de Français, l'Arménie, c'est très simple, « c'est comme Aznavour ».

Pour les étrangers, c'est l'inverse : Aznavour, « c'est la France ». Difficile de trouver sa place dans toute cette confusion, n'est-ce pas ?

À l'époque où je commençais dans le métier, où l'on critiquait sans vergogne mon physique et ma voix, je m'entendais parfois appeler « le petit Arménien ». Et ce n'était pas dit à la manière d'un compliment. Étonnant, quand on sait qu'aujourd'hui, à l'étranger, je suis considéré comme le représentant même de la culture française (ou plus exactement parisienne). Jamais je n'ai trouvé dans la presse internationale la moindre évocation de l'Arménie à mon propos.

Alors, où suis-je dans tout cela ? Au milieu. Être fier d'être français ne m'empêche pas d'arborer avec panache mes racines. J'ai eu la chance d'être statufié de mon vivant, à Gumri, en Arménie ; en France, à Valence (où la diaspora arménienne est assez importante), on a donné mon nom à une place. N'est-ce pas une manière de représenter à égalité mes deux patries ? Si seulement je recevais mon courrier à Valence, je pourrais faire comme Victor Hugo, dont les enveloppes étaient libellées ainsi : « Monsieur Victor Hugo, en son avenue. » Cela fait tout de même classe, non ?

À la maison, lorsque j'étais enfant, le français était certes balbutiant, mais la culture ne nous faisait jamais défaut : entre les écrivains arméniens, russes, turcs, grecs, iraniens, les chants et les guitares tziganes, j'étais servi. La poésie et la musique entraient chaque jour dans mon esprit et ma mémoire. Petit à petit, mes goûts se façonnaient.

Le théâtre apportait aussi sa participation à notre paysage imaginaire. Comme tous les enfants, Aïda et moi aimions jouer des pièces inventées, avec force déguisements et accessoires. Pour le maquillage, en professionnels précoces, nous utilisions les bâtonnets Leichner, dont tous les acteurs d'Europe se servaient à l'époque, et que nous empruntions à nos parents.

Et puis il y avait le cinéma. Si je suis à ce point cinéphile, je le dois à mes parents, qui nous ont éduqués aux écrans de toile. Charlie Chaplin, Ivan Mosjoukine, Harry Baur, nos premières idoles du temps muet, nous laissaient muets nous aussi, mais d'admiration. Quand vinrent le parlant et le chantant, nous découvrîmes Danielle Darrieux, Charles Boyer, Raimu, Robert Le Vigan, Victor Boucher et les autres ; et puis aussi les éternels seconds rôles, comme Jean Tissier, Julien Carette, Saturnin Fabre, ou encore Pierre Larquey. Comment les oublier ?

Alors que j'étais très jeune encore, mon père nous emmenait deux à trois fois par semaine dans les salles obscures. Combien de merveilleux films ai-je vus avec lui ! Il y avait notamment les dimanches matin au théâtre Pigalle. C'était le cinéma soviétique pour tout le monde, et propagande communiste à tout-va. Nous, les enfants, ne nous en rendions pas compte ; seuls nous importaient les acteurs.

La guerre venue, nous fîmes la connaissance du cinéma selon Goebbels, le ministre de la Propagande hitlérienne. Là non plus nous ne prenions pas en compte le bourrage de crâne qu'il véhiculait, nous profitions du bonheur de faire des rencontres visuelles. La production outre-Rhin ne suffisait pas, bien sûr, à nous faire oublier ce que nous avions connu quelques années plus tôt du cinéma hollywoodien, mais elle étanchait globalement notre soif de salles obscures. On gagnerait, je pense, à reproduire en DVD les films soviétiques et les films allemands de l'époque. Si je possédais ces collections dans ma vidéothèque, je pourrais mieux expliquer à mes enfants et petits-enfants ce que fut le contexte politique de mon enfance. Allons monsieur Château, faites-nous le plaisir de cette découverte.

Cet acteur haut en couleur
Eut une certaine célébrité
À l'époque des films en noir et blanc
Aujourd'hui hélas
Il parle tellement faux
Qu'il ne devrait tourner
Qu'en des films muets

Je ne voudrais pas, toutefois, brosser un tableau trop idyllique de mon intégration. La chose n'a pas été facile. Je me revois, si jeune encore, planté comme un piquet aux guichets des administrations, dans l'attente fébrile du sésame : le renouvellement du permis de séjour de mes parents. À l'époque, je parlais déjà un français correct et sans accent, ce qui avait le don de décontenancer les gardiens d'officine. L'effort d'adaptation ne suffisait pas toujours à m'en attirer les faveurs : il y avait les bienveillants, qui m'écoutaient attentivement et m'aidaient à gagner du temps ; et puis les autres, qui n'entendaient rien que la bizarre sonorité de mon nom de famille, ce nom si étrange et agaçant, et me fermaient, à deux minutes près, le guichet à la figure. Comme ça, sans raison : « Revenez une autre fois. » Je devais prendre mon mal en patience et, le lendemain, ma place en bout de file, pour des heures d'attente fébrile devant la porte de la préfecture.

Je l'avais surnommée « la porte malheur ».

Et encore, n'ayant pas eu l'expérience de l'exil, j'ai été plus épargné que mes parents et la plupart des Arméniens de leur génération. Souvent je songe au calvaire qu'ils ont vécu pour reconstruire leur vie après avoir échappé au génocide.

Ils sont descendus des trains, des bateaux, hagards, à bout de forces. Leurs membres étaient raidis, leurs orteils ensanglantés dans des sandales en lambeaux. Certains marchaient pieds nus sur le bord de la route, mais cela n'avait à leurs yeux aucune importance. Ils revenaient de l'enfer, le simple contact de la terre ferme – terre d'espoir, d'asile, terre de doute et de peur – leur suffisait à garder courage. Les questions, pourtant, fusaient dans leur esprit. En quelle langue devaient-ils s'exprimer ? Trouveraient-ils un interprète ? Et si on faisait preuve d'hostilité à leur égard ?

Ils marchaient. Les vitrines regorgeaient de ces aliments dont ils avaient perdu le goût mais dont le lointain souvenir les torturait. On regardait passer avec ébahissement leurs visages inconnus. Dans leur existence vacillante, eux-mêmes n'étaient plus très certains de se rappeler qui ils étaient vraiment. Alors ils se serraient, les uns contre les autres, les enfants apeurés accrochés aux jupes de la mère, la mère inquiète regardant le père intensément, le père dépassé courant pour chercher du travail et donner un logis à sa famille.

Ils étaient autrefois professeurs, médecins ou ingénieurs, comédiens, cordonniers ou tailleurs. Tout cela ne comptait plus, n'existait plus. Sans appui, sans amis, sans parents ni connaissances, vers qui se tourner pour trouver un emploi ? Tant pis, ils accepteraient n'importe quoi, ramasseur de poubelles, balayeur de rues, n'importe quoi pourvu que ce ne fût pas mendier. Un métier harassant quoique honorable, un maigre salaire, voilà qui suffirait à leur rendre leur dignité et leur liberté perdues.

Ils avaient autrefois une grande maison, ils ont accepté de vivre dans des étables, sans eau, ni électricité, sans confort ; ils ont dormi sur la paille, à même le sol. Chaque lendemain, une nouvelle vie pouvait commencer, qui dépendait d'eux seuls. Certains ont pris l'un de ces petits métiers auxquels on se contraint dans un sous-sol sans air ni fenêtre, douze heures par jour, au noir et au rabais. Ils ont dû produire à des cadences infernales, terrorisés à l'idée que l'on découvre l'antre de leur survie ; se sont démenés pour que leurs enfants puissent aller à l'école et un jour s'en sortir. Ils ont acheté livres, cahiers, gommes et crayons, sans compter les vêtements et la nourriture. Car ça mange, un enfant, et puis ça rêve d'avenir ! Leurs rêves à eux appartenaient à un passé disparu, ce qu'il en restait se mourait chaque jour avec leur petite paie.

Quand ma sœur et moi avons grandi, mes parents se sont infiniment réjouis de nous voir exercer le métier qui était le leur avant l'exil, et que l'éternelle barrière de la langue comme les difficultés de la vie les avaient empêchés de pratiquer à nouveau. Lorsque je pense aux sacrifices qu'ils ont dû faire pour que nous ne manquions pas du nécessaire, ni parfois de ce petit superflu si fatal à leur bourse, j'ai une boule dans la gorge et de l'humidité au coin des yeux.

Notre présent était rude, et la seule porte qui s'ouvrait à nous, c'était celle de ma tante. Avez-vous connu ma tante, ainsi qu'on appelait populairement le mont-de-piété ? Chez elle on pouvait engager pour quatre sous des objets de plus ou moins grande valeur. On emportait là-bas des choses auxquelles on tenait, on y mettait du cœur et on chantait sur le chemin… pour déchanter à l'arrivée. Quand la vie nous en donnait les moyens, on allait rechercher nos pauvres merveilles. La dernière fois que j'ai poussé la porte de chez ma tante, c'était pour y gager une folie de mes parents : une Renault, que seul l'un de nos cousins pouvait conduire. Nous en avons obtenu 400 francs, je crois, et ne l'avons jamais revue. L'échange avait eu lieu quelques semaines avant la mobilisation générale, et mon père s'étant engagé volontaire, nous avions d'autres chats à fouetter que la voiture.

Malgré les privations, notre porte était ouverte à chacun, sans considération de pays ou de religion. Nous mettions sur la table tout ce que nous possédions, comme si nous en avions vraiment les moyens – une façon de faire que je retrouve encore chez mes amis maghrébins ou méditerranéens. Nous étions pauvres mais pas miséreux, et si le soleil ne s'attardait pas chez nous, il y rentrait tout de même, de temps en temps. La misère a beau se retrousser les manches et faire preuve d'optimisme, elle ne se rassasie pas des espoirs d'avenir. Elle est forcément désespérée. Nous, nous pouvions nous consoler en songeant que notre condition s'améliorerait dans le futur. Je sus très jeune que je mettrais toute ma détermination à gagner la bataille de la vie. Comment ? En combattant, tel don Quichotte, contre des moulins à vent ? Oh que non, en remplaçant plutôt les moulins par des portes à démolir.

Mes parents ont su me donner les armes pour cela, c'est pourquoi je suis fier d'être fils d'émigrants, d'apatrides ; c'est pourquoi je le clame haut et fort dans certaines de mes chansons. Et quand, au hasard de mes promenades, je vois ces files de petits garçons et filles, insouciants et de toutes couleurs, marcher en rang dans les rues, à la suite de ces maîtres et maîtresses qui prennent soin d'eux, je ressens un grand élan d'amour. Je me dis que leur enfance ressemble peut-être à ce qu'était la mienne, et je continue mon chemin avec sur le visage un sourire de tendresse.

Parfois, je rêve d'un ministère des Plus Humbles, sorte de secrétariat à l'Humanité. Je ne suis pas un père la Vertu, seulement un enfant élevé dans la pauvreté, et qui a gardé de son éducation une solidarité instinctive à l'égard des déshérités. Il est vrai que l'on ne peut soigner toute la misère du monde, mais entre le trop et le trop peu, il y a tout de même un juste équilibre. Cet équilibre, c'est la bonne volonté de chacun d'entre nous. Utilisée intelligemment, elle permettrait aux fils et filles des plus miséreux d'oublier la révolte pour regarder vers l'avenir. La France est une terre d'accueil, dit-on. Et si l'on agissait pour que ce « on dit » ne soit plus jamais un mensonge ?

On n'a pas idée de ce qu'est l'immigration tant qu'on ne l'a pas connue. Apprivoiser un pays où tout vous est étranger est une chose délicate. La langue vous rejette, pour commencer. Passé cette étape, il vous faut vous approprier chaque détail, chaque usage de votre nouvelle culture, accepter aussi l'indifférence des gens à vos problèmes – ils ont déjà bien assez à faire avec les leurs. La terre d'accueil, si sympathique soit-elle, demeure malgré tout un enfer.

Ainsi je considère que la plupart des Arméniens ont été des citoyens exemplaires, sans scandale ni remous, droit dans leurs sandales.

« Nous avons faim, clamaient-ils en arrivant, nourrissez-nous. Nous n'avons pas de toit, abritez-nous. Soutenez nos efforts et nous deviendrons vos frères, vos amis, nous vous rendrons le bien pour le bien. Nous ne sommes pas la plaie du monde, mais de simples réfugiés sans patrie, prêts à en épouser une, à nous battre pour elle, et même à lui donner notre vie s'il le faut. Nous, les indigents sans domicile ni papiers, nous finirons par vous ressembler, nos enfants seront des vôtres et ils feront la force de vos lendemains. »

L'avenir les a exaucés. De longues années durant, ils ont remonté le courant à la force des bras, et puis le jour est venu où on ne les a plus pointés du doigt, sauf pour saluer leur exemplarité. Désormais il ne reste qu'à reconnaître officiellement leur malheur, je veux parler du génocide, qui demeure un tabou pour la communauté internationale. Le chemin, hélas, sera long.

Je suis chaque jour un peu plus désolé de constater que la reconnaissance des massacres de masse est encore un pas difficile à franchir pour la communauté internationale, surtout quand il y a du pétrole à renifler chez le bourreau. Prendre la parole, c'est courir le risque de perdre de l'argent ; ou d'en gagner, selon le discours que l'on tient. Ainsi se prosterne-t-on devant Ankara, comme si de rien n'était, comme si l'odeur du sang et de la chair des victimes n'était plus qu'une vapeur évanouie dans le lointain. Le mot « génocide » est un mot qui dérange, n'est-ce pas ? Mais n'oublions pas que, pour les Arméniens, il recouvre une tragédie et un devoir de mémoire. Nous devons à nos ancêtres, laissés sans sépulture, de faire admettre leur assassinat.

Reniés, bafoués durant tant de décennies, nous survivrons certes, nous pardonnerons peut-être, mais nous n'oublierons pas. Mieux, nous mettrons tout en œuvre pour que le monde se souvienne, et ouvre les yeux sur ce qu'il refuse de voir.

Je n'exige qu'une chose, la légitime reconnaissance de ce que j'appelle pudiquement un « fait historique » ; ce fait qui nous divise, Arméniens et Turcs, depuis près de quatre-vingt-dix ans. Ironie du sort, moi qui n'ai jamais participé à aucun défilé ni à aucune manifestation devant l'ambassade de Turquie, moi qui crois fermement que l'on devrait parvenir à résoudre notre problème par l'honnêteté et le dialogue, me voilà le bouc émissaire de tous ceux qui, par lâcheté, préfèrent ne pas s'exprimer en leur nom propre et me chargent ainsi du poids de leurs frustrations.

Je n'ai jamais réclamé que l'on nous rende des territoires, je n'ai jamais demandé que l'on me restitue les biens de mes grands-parents maternels, disparus pendant le grand exode, j'ai simplement émis l'idée que, une fois les frontières ouvertes entre nos deux pays, le gouvernement d'Ankara pourrait nous accorder un passage particulier jusqu'à l'ancienne capitale arménienne d'Ani, et permettre ainsi aux Arméniens, aidés de l'Unesco – pourquoi pas des Turcs eux-mêmes ? –, de restaurer ce lieu digne du patrimoine mondial de l'humanité. Il y aurait là une source de revenus pour le ministère de la Culture turc, et du travail pour les ouvriers des deux pays, chacun y trouverait son compte.

Le jour où je fis cette proposition, j'ajoutai, sur le ton de la blague : « Si Ankara veut me faire cadeau d'un morceau de l'Ararat faisant face à l'Arménie, (un lieu où, soit dit en passant, il ne pousse strictement rien), je lui en serai fort reconnaissant. »

Je sais aujourd'hui que, avec certains, il vaut mieux éviter de faire de l'humour car ils en sont dépourvus ; à l'inverse, ils profitent de la situation pour contrefaire mes dires. Finissons-en une fois pour toutes avec les fausses allégations : non,

non et non, ce qui a été écrit dans quelques journaux de divers bords n'est pas vrai, cessez s'il vous plaît de mettre des bâtons dans les roues aux hommes de bonne volonté. Les oppositions ne feront que retarder encore, et pour longtemps, le processus de la reconnaissance et de la réconciliation ; ce qui implique un retard dans l'ouverture des frontières, dans la levée de l'embargo et dans la possibilité pour les Arméniens de commercer avec leurs voisins.

En parlant ainsi, je sais bien que je dérange, que je ne vais pas me faire que des amis, mais cela n'a pas d'importance : ma seule préoccupation, c'est le futur de l'Arménie, le bien-être de ses citoyens et la libération, pour les jeunes générations turques, du poids que leur fait porter la dissimulation étatique.

Souvent, à la faveur de mon énorme curiosité, je me laisse aller à repenser l'histoire ; ma mémoire a beau me présenter les images d'une vie bien remplie, je ne peux m'empêcher de poser la question fatidique : Et s'il en avait été différemment ? Alors des meutes d'idées me dévorent, se bousculent au portillon, je croule sous les hypothèses sans être capable d'y apporter la moindre réponse. Et finis par me demander si la réflexion est une si bonne chose que cela.

Et si, et si, et si ?

Et s'il n'y avait pas eu ce différend entre nos peuples, qu'aurais-je été, moi ? Un chanteur turc probablement, et peut-être le plus connu dans le monde, qui sait ?

Après tout, je suis un enfant de la balle. Si mes parents avaient pu s'exprimer dans la langue de leur pays d'accueil, ils auraient continué leur carrière d'artistes. Mon métier, alors, serait le prolongement naturel du leur. Mais la balle a suivi une trajectoire un peu particulière. Franchissant les frontières, elle a rebondi en 1924 dans la capitale des arts. Dix ans plus tôt, mes rêves de scène auraient pu s'effondrer ; j'aurais pu finir triste squelette dans le désert de Der Zor, comme des centaines de milliers des nôtres.

Le destin, la destinée ou le Très-Haut, appelez cela comme vous voulez, en a décidé autrement.

Le temps et les années ont fait de moi un grand-père, et la famille Aznavourian, qui n'était au départ composée que de quatre êtres vivants – pour ne pas dire survivants –, a pu se reconstruire et s'épanouir.

On dit que les hommes du Sud préfèrent avoir un garçon pour premier-né, histoire de perpétuer le nom. Foutaises ! Moi, j'ai commencé par deux filles, Seda, puis Katia. Les garçons ne sont venus que plus tard : Mischa, puis Nicolas. Après, il y a eu les petits-enfants : Lyra et Jacob, les enfants de Seda, puis Leila, la fille de Katia. J'espère bien être, un jour, arrière-grand-père. Cela me permettra de créer une sorte de dynastie, et de faire un bras d'honneur au destin qui nous vouait à la disparition pure et simple. La preuve qu'on a beau essayer d'éliminer un peuple de la surface du globe, on ne réussit jamais tout à fait à en éteindre la flamme. Elle se redresse, renaît ailleurs, plus forte et plus déterminée à la survivance.

L'homme est ton frère
Mais l'ami devient l'ennemi
Quand vient la guerre
Il est en vert
Toi en kaki
Il veut ta terre
Et ton pays
Ta femme et ton toit
Tout ce que tu as
Il te canarde
De son fusil fait du gâchis
Et te bombarde
Sème la mort et prend ta vie
Sois sur tes gardes
Ou t'es foutu
Il n'y aura ni gagnant ni perdant
De vainqueur, de vaincu

Rien que des morts et des vivants
Et rien de plus un peu perdu
S'il en a la trouille tu es gagnant
Mais si tu mouilles
Tu l'as dans le cul
Au son des marches militaires
Gonflés à bloc par des discours
Les hommes courent à la frontière
Sonnez clairons, roulez tambours
Les malins restent à l'arrière
Font de l'argent et font l'amour
Et préparent les cimetières
Pour les médaillés sans retour

Il me fallait un porte-voix

Quel que soit le dictionnaire de rimes
Que tu possèdes, ami, tu remarqueras
Que le mot « triomphe » ne rime avec rien

À l'âge où la mémoire se charge de souvenirs, les images du passé se présentent à nous en noir et blanc, comme des photos d'époque. Ensuite elles se colorent, pour finalement se faner et se fixer en sépia.

J'ai voulu ouvrir un judas et jeter un regard sur mon passé. Qui ai-je vu derrière la porte ? Mes joyeux détracteurs. Disons-le sans aigreur mais toutefois fermement, on ne m'a jamais encouragé à faire ce métier, je n'avais rien pour réussir à sortir du lot, bien au contraire : que des handicaps, un physique impossible, une voix qui heurtait les tympans, une écriture sans style, sans idées… Allez donc entamer une carrière avec toutes ces béquilles !

Heureusement que j'avais la foi chevillée au corps. Elle et elle seule me faisait ignorer le jugement des empêcheurs autour de moi. Je m'efforçai donc de les considérer comme des êtres sans discernement, sûrs de leur savoir, imbus d'eux-mêmes, et m'exhortai à aller tout droit : « Je m'en fous, je me fous de ce qu'ils disent ou écrivent. Leur pronostic n'est basé sur aucun critère. Je m'en fous. Je balaie tout d'un revers de main et je continue mon chemin comme si de rien n'était. » Aujourd'hui la preuve est faite, ils se sont trompés sur mon sort. Où sont-ils, mes démolisseurs des années passées ? Comment me jugeraient-ils aujourd'hui ? J'aimerais tellement en rencontrer ne serait-ce qu'un, pour voir quelle gueule il ferait face à moi, son déni de réussite annoncé.

Parfois je me demande ce que je serais devenu si j'avais écouté tous ces gens. J'ai eu la chance de m'en tirer, et c'est heureux, mais quand je pense à ces personnalités de talent que les critiques féroces, tous domaines confondus, ont étouffées dans l'œuf, j'en suis fort malheureux pour elles.

La beauté c'est quoi ?
Il est très jeune
Donc il est beau
Il est très bête mais riche
Donc il est beau
Il est très laid mais intelligent
Donc il est beau
Il est très méchant mais il a du talent
Donc il est beau
Il est difforme mais il a de l'humour
Donc il est beau
Il est très vieux mais il a le pouvoir
Donc il est beau
Il est très égoïste mais il a du charme
Donc il est beau
Il est très volage mais il fait bien l'amour
Donc il est beau

Je n'ai jamais eu le physique du chanteur de charme, ni même celui du rigolo fantaisiste. Mais ma voix, ma voix… Qu'est-ce qu'elle avait, ma voix, pour provoquer tant de vagues ?

« C'est bien simple, me disait-on, vous n'en avez pas. »

Pourtant, nombre de mes confrères s'égosillaient pour interpréter certaines de mes chansons qui comportaient trois octaves. Alors ? Pas de voix ?

Ce qu'on me reprochait, c'était qu'elle fût brumeuse. Je ne pouvais pas le nier. Mais entre nous, à la même époque, Louis Armstrong n'avait pas non plus un petit filet de castrat, et cela ne l'empêchait pas d'enchanter le public, n'est-ce pas ? Alors, quoi ? Aurais-je été victime du « deux poids deux mesures » ? Bien sûr, comparé à l'immense Louis, j'étais un peu léger, mais je ne faisais que débuter, il fallait en tenir compte.

Depuis ces premiers pas difficiles, des centaines, voire des milliers de voix sont généreusement venues me prêter main-forte. Il semblerait, en effet, que beaucoup de chanteurs aient souhaité pallier mon cruel manque d'organe en interprétant mes chansons à ma place. Je n'aurais jamais cru qu'il faudrait tant de voix pour remplacer la mienne. Elle doit décidément être bien maigre ! Dire que je suis heureux de l'expérience, ce serait trop peu. J'en suis comblé et flatté.

À vos mille voix
Qui me laissent sans voix
Mille fois merci

La voix de l'imprésario, je l'entends encore dans mon oreille défaillante : « Je vous ai déniché un petit contrat. » Je savais bien qu'il n'allait pas me décrocher la lune, mais ce qui me surprit à l'époque, c'est l'adjectif « petit ». Par la suite, je ne cessai de décrocher d'autres « petits » contrats, des « petits » contrats par multitudes… Jusqu'au jour où je me rendis compte que les Français voyaient tout en petit : « un petit café », « une 'tit' bière », « ma petite femme », « mon petit appartement », « ce petit con », etc. (Prétendre après cela qu'ils sont des grandes gueules me paraît terriblement injuste.)

Toujours est-il qu'il fallut signer. Ah, le moment clef de la signature…

Le jeune qui débute, plein de fougue, est un paon nanti de belles plumes multicolores. Il aime voir son image se refléter dans un miroir en écoutant des paroles qui le font rougir de plaisir : les mots « succès », « triomphe », « vedette », « star » chantent à son oreille et le font rêver à une vie de gloire.

Ça y est, ça commence, il entre enfin dans ce cercle divin où les promesses pleuvent pire qu'à Gravelotte. Des messieurs très sérieux se penchent sur son cas, mais avant toute chose, lui proposent un contrat. Comme par hasard, la table est mise, le stylo est prêt, les feuilles trônent à côté. Il n'y en a qu'une dizaine, qu'on lui donne à lire. Il faudra parapher, puis signer, alors la route enchantée s'ouvrira. Le jeune paon acquiesce, tout feu tout flammes, il n'ose pas lire en diagonale, se persuade même qu'il le fait sérieusement. Mais ce qui s'étend devant ses yeux n'a pas de poids face au rêve qui l'attend : ce ne sont que des lettres, plus ou moins grosses, plus ou moins épaisses, plus ou moins minuscules, plus ou moins illisibles… Il ne prête pas garde aux dernières, les plus dangereuses, celles qui se font si bien oublier mais se rappelleront à son bon souvenir quand elles l'auront lié à la compagnie.

On promet tout à un jeune paon mais on ne lui assure rien. Sur les spectacles, les disques, ce sera peau de chagrin, le sait-il seulement ? Non, parce qu'il est aux anges. Et puis, en ce moment crucial de sa vie, il ne va pas se mettre à discuter, qui plus est face à des gens qui connaissent leur métier. Bref, passé l'envoûtement, l'affaire est bâclée à la satisfaction de tous. Un petit champagne pour clôturer tout ça et le jeune paon, piégé, savoure sans se douter les bulles de la déraison qui lui montent à la tête. Trop tard, le malentendu est installé.

Il regrettera plus tard de ne pas s'être fait seconder par un avocat, qui l'aurait mis en garde et aurait discuté dur dur les termes et les accords. La suite des événements se chargera de lui prouver que seul, il n'avait aucune chance face à son prédateur, et qu'au fond, un conseil lui aurait coûté bien moins que ce qu'il va perdre.

Allons enfants de la patrie
Le jour des poires est arrivé

Croyez-moi, je parle en connaissance de cause. Mon contrat de disque, chez mon ami Barclay – je dis bien « mon ami » car il l'est demeuré malgré notre mésaventure –, contenait une clause spécifiant qu'une somme de dix pour cent serait retenue sur mes royalties pour les besoins de la promotion. Mon imprésario et moi-même avions signé en toute confiance. Or, les ventes de « La Mamma » s'étant élevées à deux millions d'exemplaires, je n'eus pas à réfléchir beaucoup pour calculer le montant absurde de ma retenue. Je me fâchai, mais les discussions entre nos avocats furent vaines : j'avais signé, c'était trop tard. J'aurais pu me fâcher avec Eddy Barclay, mais cela n'aurait rien changé : j'étais le seul fautif, je payais ma confiance et ma naïveté d'une très jolie somme. Aujourd'hui je fais lire mes contrats, sans oublier ceux de mes assurances, par des hommes compétents, qui savent louvoyer entre les lignes, même les plus microscopiques. Cependant, la vérité m'oblige à dire que cette profession compte aussi beaucoup de gens très scrupuleux. J'ai même connu un éditeur qui forçait l'artiste à analyser ligne à ligne le contrat, pour qu'il n'y ait pas de malentendu par la suite. Le tout est de bien choisir l'éditeur ou le producteur avec lequel on va travailler. C'est souvent une histoire d'amour qui dure toute une vie.

Si l'arbre peut cacher la forêt
Le succès peut cacher l'homme

Qui était-il, cet oiseau-là, il y a quelques mois à peine ? Personne. Le voilà qui sort du rang, émerge de l'ombre. Tous les regards vont bientôt se concentrer sur sa petite personne. Il est soudain plus grand, plus beau, plus intelligent, plus talentueux. Devant lui, toutes les portes paraissent ouvertes, il n'en faudrait guère plus pour qu'il s'imagine capable de l'inaccessible. On l'honore, on le fête, on l'encense, il est le nouveau messie. De quoi être heureux, en somme. Mais le jeune paon l'est-il vraiment ? Non, il en veut plus, encore plus, et songe déjà à la postérité. Rien que ça !

Chaque année, un nombre incalculable de chanteurs et de chansons se font connaître, comment peut-il sérieusement penser qu'il aura une chance d'entrer dans la légende pour une célébrité éternelle ? Allons, n'est-il pas suffisant de réclamer la gloire de son vivant, n'est-ce pas déjà extraordinaire de l'obtenir ? Mieux vaut se préparer chaque jour à voir finir son bonheur, autrement la chute sera terrible, voire insupportable. Toute chose a son début, toute chose a sa fin, cela s'appelle la loi de la vie, et lorsqu'on entre en existence, on sait qu'un jour ou l'autre, quoi que l'on fasse et que l'on veuille, il nous faudra disparaître. Ce jour-là, que nous soyons petits ou grands, puissants ou misérables, nous emporterons avec nous ce qui a fait notre réputation. Alors quand on me pose la question de la postérité, ou même de la célébrité, je me marre…

Inutile de prier pour que les médias se préoccupent de notre petite personne si c'est pour se cacher derrière d'immenses lunettes noires et voyager à bord de ces horribles limousines en forme de caveaux funéraires. Quel intérêt y a-t-il à fuir la proximité du public auquel on est redevable de tout ? C'est en soignant sa voiture, ses costumes, son compte en banque, la superbe créature à son bras, que l'on passe à côté de sa vie en se faisant prisonnier de son succès. Le jour où il disparaît, on est abandonné de notre merveilleuse cour d'adulateurs, et l'on devient cet être pathétique, à moitié oublié, qui cherche dans le regard des passants une lueur lui prouvant qu'il n'est pas un *has been*.

On peut aussi se saboter soi-même en tombant dans le piège des médias et des convenances sociales : dès que vous possédez un semblant de notoriété, on vous pose des milliers de questions auxquelles vous vous croyez obligés de répondre, posément, plus ou moins intelligemment. Prenez garde, ou vous serez fait comme un rat. Idem dans les milieux d'érudition, où vous ferez a priori pâle figure. Si on vous interroge sur des sujets que vous ne maîtrisez pas, sachez qu'aucun mensonge ne pourra vous sauver. Mieux vaut vous présenter tel que vous êtes face à des monstres de culture que votre célébrité laisse indifférents. Faire profil bas est encore la meilleure façon de s'en tirer.

Idem lorsque la presse vous emmène sur des terrains accidentés. Ne vous laissez pas aller à dire n'importe quoi sur n'importe qui, ne cassez pas du sucre sur le dos de vos confrères et consœurs, ne pontifiez pas pour paraître. Cela vous tombera tôt ou tard sur le râble. Il fut un temps, et particulièrement à l'étranger, où l'on nous posait maintes questions sur Brigitte Bardot, et sur Charles de Gaulle, mais c'était plutôt pour les connaître que pour les démolir. Aujourd'hui, quand on ne me demande pas mon avis sur Silvio Berlusconi, on se rabat sur un : « Et vous trouvez qu'elle chante bien, Carla Bruni ? » Petite perfidie en passant, le journaliste ne prend pas la peine de donner un tour évasif à sa question – il aurait en effet pu se contenter d'un : « Que pensez-vous de… ? » Là, on attend de moi une vacherie, comme j'en déteste. Ils sont déçus lorsque je réponds que Carla Bruni a justement été révélée par eux, les médias. Ah, le joli titre sur deux ou trois colonnes, si j'avais la prétention et la stupidité de donner un avis défavorable, sous couvert d'humour !

Je ne parle jamais d'un confrère. De quel droit le ferais-je ? Je peux ne pas apprécier un artiste de talent, chacun ses préférences. Nul n'est expert en la matière, n'est-ce pas ? Je n'ouvre la bouche que pour chanter et pour parler de mon métier, mes goûts, mes amitiés. Croyez-moi, c'est l'attitude la plus raisonnable. Si vous saviez le nombre de bonnets d'âne que je distribue en regardant la télé le soir, vous seriez effarés. Voir de malheureux chanteurs s'embourber dans leurs réponses sous le regard narquois du journaliste qui se fait un plaisir de les désarçonner, cela me chagrine profondément. Par pitié, soyons ce que nous sommes. Ce que nous avons réussi dans la vie doit suffire à nous rendre fiers sans que nous réclamions en plus que l'on nous prête de l'importance.

Les banquiers ne prêtent aux artistes
Que des propos sans intérêt

Alors un conseil, ne fréquentez pas trop les journalistes, ne cherchez pas à tout prix à vous attirer leurs bonnes grâces. Même s'ils ne vous demandent pas de critiquer quelqu'un, même s'ils réclament seulement le nom de vos artistes préférés, ne vous sentez pas obligés de répondre. Parce que, entre nous, quand on demande cela à un chanteur, il fait mine de chercher un instant avant d'énoncer le nom d'un artiste étranger, dont nul n'a jamais entendu parler, et qui n'a donc aucune chance de le concurrencer. S'il était honnête, il répondrait « Moi » et les autres noms viendraient ensuite. Je n'ai, pour ma part, jamais fait d'autre réponse que celle-là, et je ne crois pas être le seul. Un jour, durant le tournage des *Fantômes du chapelier*, un film de Claude Chabrol, je demandai à Michel Serrault, dont je savais qu'il vouait une grande admiration à Harry Baur : « Quels sont tes acteurs préférés de nos jours ? » Il me regarda de son œil mi-coquin mi-sérieux, et répondit « Personne », ce qui voulait dire : personne avant lui-même.

Il est logique, quand on y pense, de se préférer soi-même aux autres, même si cela ne doit pas nous empêcher de cultiver une certaine humilité. Pour ma part, je crois y avoir toujours veillé. Bien sûr, à l'heure où mon nom grossissait au firmament des affiches, sur les colonnes Morris, j'ai fait une poussée d'adrénaline. J'ai soudain voulu posséder tout ce dont j'avais été frustré pendant mon enfance.

Oh, combien de marins
Combien de capitaines !

J'ai ainsi acquis mon premier bateau au Pilât, près d'Arcachon. Ça n'était pas un extraordinaire navire de croisière, non, une simple pinasse, construction de la région. Mais j'en étais déjà fier comme un coq. J'avais un petit appartement à Saint-Tropez, alors un camion transporta l'esquif de mes rêves jusqu'au port mythique de l'époque, et je passai mon permis de naviguer dans la foulée. Vogue la galère !

Mais (car il existe un mais, et il est commun je crois à tous les navigateurs débutants), l'objet de mon désir avait un défaut de taille : il n'était pas assez imposant. Je le cédai donc à un estivant du coin pour me payer un bateau plus approprié à mon statut de vendeur de disques : d'occasion, trente ans d'âge, construction hollandaise de marque Devries. Après avoir déboursé pas mal de mes cachets de galas pour le rendre plus attrayant, je me rendis compte, hélas, qu'il était trop grand pour être conduit par moi seul. À son tour il trouva donc un acheteur, et je me plongeai pour ma part dans les magazines spécialisés en objets navigables. Je jetai finalement mon dévolu sur une embarcation plus modeste : quarante-deux pieds de nationalité suédoise, que je me fis livrer d'urgence. J'accrochai mon trésor à un anneau du charmant petit port de la Napoule et, fier de mon acquisition, invitai Levon Sayan et mes musiciens, qui logeaient dans un hôtel face à la mer, à m'y rejoindre dès le lendemain matin. Aux premières lueurs de l'aube, j'étais déjà à bord, vérifiant le moindre détail et m'assurant que tout se passerait à merveille. Levon se trouvait à mes côtés – un commandant a toujours besoin d'un moussaillon –, et au loin, sur l'un des balcons de l'hôtel, je pouvais voir mes musiciens faire dans ma direction des gestes nerveux. C'est alors que je sentis une odeur de brûlé. Le navire n'était pas en bois, mais en plastique. Quand je vis des flammes s'échapper des cabines, mon merveilleux jouet s'était déjà mis à fondre. Il diminuait à vue d'œil, sous les flashs des vacanciers curieux. Je n'avais même pas accès aux extincteurs, qui étaient dans les cabines ! Pas franchement séduits par le sort de Jeanne d'Arc, Levon et moi attrapâmes les mains secourables qui se proposèrent de nous ramener au port. Et je vis mon beau bateau sombrer corps et biens, comme dit la chanson. En moins d'une heure, j'avais perdu mon *Titanic*. Sous le soleil de Provence, tout autour de moi et de mes flammes, l'ambiance était à la fête. Les caméras huit millimètres immortalisaient le film catastrophe, les spectateurs prenaient des photos, certaines furent même achetées par la presse locale qui, une fois n'est pas coutume, brillait par son absence. Ici et là, on m'interpellait : c'était l'événement du jour. « On s'amuse comme on peut », me suis-je dit en moi-même. Voir se volatiliser mon beau rêve ne m'a, certes, pas réjoui, mais à côté de la tête qu'ont dû faire mes assureurs anglais, ma déception me fit l'effet d'une goutte d'eau dans la Méditerranée.

Voilà à quoi mène la démesure. Cette petite expérience désastreuse m'en a aussitôt guéri et j'ai très vite pu reporter les chapeaux de ma jeunesse.

Le marin croise les mers
Le rentier croise les bras
L'escrimeur croise le fer
Et moi je crois en toi

Finalement j'ai des goûts simples : la cuisine, les amis, rien de bien original. Je ne suis ni un érudit ni un intellectuel, je suis plutôt un laborieux, et ce que l'on ne m'a pas appris, j'ai tenté de le faire tout seul. C'est ma très forte curiosité qui a fait de moi ce que je suis devenu, sans compter ma formidable force de travail. Ne nous trompons pas sur les mots, je n'ai jamais été arriviste, mais ambitieux ; je n'ai jamais été prétentieux, mais fier, le plus souvent ouvert aux autres ; j'ai toujours caché mes angoisses et mes doutes, les questions, je me les suis posées à moi-même. Je sais où je suis, d'où je viens, et malheureusement où je vais. Je connais la fragilité du succès et de nos carrières. Croyez-moi, j'ai vu dans ma vie plus de stars perdre pied que d'immeubles s'écrouler.

C'est très fatigant, le génie
Particulièrement
Pour les autres

Au seuil du pouvoir

Rires découvrant les caries
Rires de la Vache qui rit
Rires d'enfants face à Guignol
Rire en do dièse ou rire en sol
Le rire à gorge déployée
Celui qui se veut distingué
L'énorme rire woua woua woua...
Le petit hé hé ha ha ha...
Le rire communicatif
Le rire tiré par les tifs
Le rire un peu niais du bellâtre
Celui de l'acteur au théâtre
Le rire fort, le rire doux
Le fou rire et le rire fou
Le rire faux et sarcastique
Le rire grinçant satanique
Le rire sain, le rire clair
Le rire hautain et le vulgaire
Le joyeux rire du bambin
Le rire gras, le rire fin
Rire discret de convenance
Rire aux éclats de circonstance
Le rire simple et le nerveux

Rire qui met les larmes aux yeux
Le rire « Arrête, j'en peux plus
Et je meurs si tu continues »
Celui qui fait dire « Ah, le con ! »
Avec un bel accent gascon
Rires entre copains et complices
Rire en se tapant sur les cuisses
Rire avec l'amie rigolote
Qui crie « J'ai fait dans ma culotte ! »
Tous ces rires et d'autres encore...
Qui me font dire haut et fort
Que rire est une panacée
Pour le moral et la santé
Et qu'en ce monde tourmenté
Il vaut mieux rire que pleurer

La politique ne m'en parlez pas, j'y ai goûté suffisamment. Quel est le jeune qui ne s'est pas laissé embobiner ? Maintenant que *j'ai de l'âge*, j'en suis enfin guéri, et je ne regarde plus du même œil ces hommes de pouvoir (ou avides de...) qui s'agitent sous nos yeux. Le spectacle est ma foi passionnant. Des politiciens, il y en a de toutes variétés, à gauche, à droite, au centre, sur les côtés ; il y en a d'excellents, d'autres qui le sont moins ; certains sont atrocement sectaires, d'autres ouverts au dialogue ; il y en a des vaniteux, des plus abordables, des humbles même ; sans compter les cerveaux foisonnants d'idées et les parfaits imbéciles qui nous débitent n'importe quoi. Ne me demandez pas ce que je pense des uns ou des autres, vous perdrez votre temps. Ma réponse est invariable et je m'en sers lâchement : depuis que l'on m'a fait ambassadeur, je suis soumis au devoir de réserve, parfaitement.

« Allons, vous pouvez bien nous dire ce que vous pensez de la situation en Iran ? »

Devoir de réserve.

« Est-ce que Barack Obama est crédible, selon vous ? »

Devoir de réserve.

« Et Angela Merkel ? Et Gordon Brown ? Et Berlusconi ? »

Devoir de réserve, je vous dis.

Si les questions se font trop pressantes, si mon auditoire insiste, alors je brandis la carte maîtresse et prie mes interlocuteurs d'excuser mon silence : je ne peux malheureusement leur répondre avant de « m'entretenir avec mon chef de gouvernement ».

Et je me marre, je me marre…

Évêques
Généraux
Hommes politiques
Responsables de grandes sociétés
Maîtres d'hôtel
Magistrats
Professeurs
Académiciens
Enfin, quiconque ayant un poste important
Enfin, tous ceux qui officient en public
Et ont l'oreille de la presse
Sont des cabotins
Et pourtant il n'y a que nous
Les chanteurs et les comédiens
Que l'on traite ainsi

C'est curieux, mais depuis que je suis en fonctions, je n'ai pas encore réussi à me faire à ma nouvelle dénomination : « Excellence ». Pourtant je joue le jeu, en m'étonnant qu'on ait si rapidement pris en considération mon nouveau statut – pour le statut de chanteur, il a tout de même fallu une petite quarantaine d'années.

Je suis un cas dans le milieu diplomatique, et un cas très rare.

« Ne faut-il pas quelques diplômes, me direz-vous, pour devenir ambassadeur ? »

Certainement, j'en ai d'ailleurs un : mon certificat d'études, obtenu sans mention à l'âge de dix ans et demi. Mais je ne pense pas que cela suffise.

« Ce doit être une question d'expérience, alors ? »

Non plus, je n'en ai aucune.

« De finesse diplomatique, peut-être ? »

Que nenni.

« D'origine, alors ? »

Nous y voilà. Si j'ai été nommé, puis accepté très gentiment par mes « confrères », c'est pour une raison et une seule : je représente avantageusement le pays de mes racines. Pas de quoi se leurrer, en somme.

Mes hautes, très hautes, trop hautes fonctions ne seront pas éternelles, mieux vaut le savoir. Tout le reste n'est que roupies de sansonnet. Pour garder cela à l'esprit, j'essaie naturellement de mettre un peu de gaieté dans ma tâche. Ainsi lorsqu'on m'interpelle, de loin, d'un « monsieur l'ambassadeur », je me retourne par curiosité pour voir à qui on parle (il faut dire qu'à l'ONU, on n'est pas du genre à vous balancer du « *Hey Charlie !* »). Et quand je suis de nouveau chez moi, que je me trouve soudain seul face à moi-même, que je pense à tous ces moments qui ont fait ma vie, je ris, je ris aux éclats. Qui l'eût cru ? Pensez donc, je dois être le seul diplomate au monde à avoir quitté l'école à dix ans pour aller se produire sur scène.

Je me marre, je me marre…

Politique et diplomatie
Chanteur et interprète
Gardez-vous de confondre
On peut être bon diplomate
Et mauvais politique
Comme on peut être fin politique
Et grossier diplomate

« D'accord, vous vous marrez, mais cela ne nous dit pas si vous êtes de gauche ou de droite. »

Ah, gauche ou droite… Gauche *et* droite, c'est ainsi que je l'entends. Ne faut-il pas deux jambes pour marcher correctement ? Une seule, et l'équilibre devient instable, on avance en sautillant, en tâtonnant, on trébuche à chaque pas, on se met en danger. Lorsque j'entre en phase d'engagement politique (c'est une chose, en effet, qui ne me possède pas vingt-quatre heures sur vingt-quatre), j'aime à me dire que le corps de la société repose sur ces deux jambes-là ; j'aime à songer qu'il existe un contre-pouvoir, baptisé « opposition », qui se fait l'indispensable gendarme des excès et débordements du pouvoir. La voilà, la démocratie. J'ai d'ailleurs, comme bien des gens, des amis dans tous les clans. Peu m'importent les partis – sauf les extrêmes –, seuls les êtres m'intéressent. J'ai beau m'être toujours tenu loin des puissants (on s'en porte mieux), je n'en nourris pas moins des sympathies avec des gens de tous bords.

Il y a belle lurette que je refuse toute couleur politique. Les trois teintes de notre drapeau, comme les deux jambes de notre société, me conviennent.

Ajoutez à cela une teinte de vert, et mon bonheur sera complet.

En ce qui concerne mon/ma candidat(e) à la présidentielle, je n'en dirai pas davantage, alors ne comptez pas sur moi pour crier au tout-venant, et plusieurs mois à l'avance, s'il vous plaît, à qui je donnerai mon vote l'élection venue. Je ne m'exprimerai pas sur la question, qui est trop sérieuse pour être ainsi déflorée. Le jour dit, sans micro ni salle de concerts, sans nul public, je me ferai discret et donnerai de la voix dans l'isoloir. Cette voix-là, qui pour une fois ne sera qu'un chuchotement (mais un chuchotement citoyen), n'influera pas moins que mon timbre d'artiste sur l'avenir de ma descendance.

J'ai voté par le passé, je voterai à l'avenir, pour celle ou celui qui présentera, à mon humble avis, le programme le plus humaniste et cohérent, qui saura tenir les rênes de l'État au bénéfice du plus grand nombre et, enfin, pensera au pays avant de défendre sa position personnelle.

Je me montre absolument sincère dans mes choix, que je fais en jugeant des propositions et de l'apparente sincérité du prétendant à la place suprême. Apparente, je dis bien, car il suffit parfois de gratter un peu pour voir s'écrouler la façade. Nos désillusions seraient d'ailleurs moins fracassantes si l'on obligeait l'élu en place non pas à tenir ses promesses, mais à tout mettre en œuvre pour les tenir, sous peine de démission. Cela nous éviterait les prometteurs mensonges de campagne et pousserait chaque candidat à réfléchir avant de parler.

En amour on écarte les jambes
En politique on écarte les autres

En 2012, je serai méfiant comme un écureuil et jaloux de mes habitudes : j'emporterai les fiches des prétendants dans l'isoloir, jetterai dans l'urne le bulletin de mon heureux élu et emporterai les autres fiches chez moi, pour les passer au broyeur. Parfaitement, au broyeur. Ainsi, nul ne pourra fouiller ma poubelle et dévoiler mon choix.

« Vous ne l'assumez donc pas ? » me direz-vous.

Oh que si, seulement je ne me sens pas le droit d'influencer mon voisin, qui a peut-être une opinion différente de la mienne. Puisque nous sommes, en effet, persuadés chacun d'avoir raison, il y a fort à parier que l'un de nous deux se trompe. Mais c'est le sens même de la citoyenneté que de vivre en bonne intelligence. Ainsi je prends garde de respecter nos dirigeants – qu'ils soient maires de village, ministres, ou président –, même lorsque leurs propositions ne me conviennent pas.

Tant que le chef de l'État accepte de jeter un œil à la fenêtre de son palais, pour vérifier que le peuple n'est pas au désespoir, je suis prêt à le suivre. Sinon, je ne marche pas dans la combine.

J'ai dit un jour au président arménien une chose

qui est valable pour d'autres : « Vous vivez entre vos quatre murs, que savez-vous de ce qui les entoure ? Faites un petit pas dehors, histoire de voir ce qui s'y passe ! »

Les dirigeants prétendent connaître la situation de leur pays sous prétexte que leur entourage de privilégiés la leur ont racontée. La belle affaire. Comment ces derniers – qui au fond n'ont guère plus conscience que leurs chefs de ce que sont la misère et les difficultés – pourraient-ils leur en faire un exposé réaliste ? Sans compter qu'ils vont d'abord chercher à les rassurer. C'est important de se faire bien voir…

Le président arménien est finalement sorti de chez lui et a pris la mesure des problèmes de ses concitoyens, de la misère aussi, dont certains étaient victimes. Il a décidé que, un jour dans l'année, tous se donneraient la main, créant une immense chaîne. L'initiative a pris corps, la chaîne a fait le tour du pays. Preuve que la solidarité commence parfois avec de simples gestes, et la gestion des problèmes aussi.

On apprend à connaître son voisin
On apprend à se pencher sur les difficultés des autres
On apprend l'humanité

Messieurs nos responsables du char de l'État, je m'adresse à vous à présent. Si j'avais un conseil à vous donner, ce serait de moins solliciter la compagnie des artistes – et je sais de quoi je parle, il paraîtrait que j'en suis un – que celle des chercheurs, des universitaires, des fonctionnaires anonymes. Car beaucoup effectuent, sans qu'on les voie, un travail énorme et bénéfique. Certains patrons de syndicat, par exemple, vous en apprendraient bien plus sur la vie quotidienne de vos administrés que ces personnalités si promptes à se faire photographier à vos côtés. Je n'insinue pas que ces gens-là ne sont pas sincères, je prétends en revanche qu'ils ne sont pas utiles à votre tâche. Mieux vaut nous employer à ce que nous savons faire de mieux hormis nous produire sur scène : la représentation de notre art dans les voyages à l'étranger, la récolte de fonds pour la recherche ou les ONG, l'aide aux plus démunis, j'en passe…

Tes yeux ne voient plus, mon frère
Tes yeux ne voient plus
D'autres voient pour toi, ils font des images
Qu'au petit écran, tu découvres, sage
Sans bouger de chez toi

Tu n'entends plus rien, mon frère
Tu n'entends plus rien
Tu vis dans le bruit et il te rend sourd, mon frère
Aux plaintes, aux sanglots
Aux simples rires, mon frère
Au chant des oiseaux
Au bruit des ruisseaux
Tu vis en légume, mon frère
Planté où tu es
Tu as des serrures, mon frère
Et des portes à ton cœur
Quand tu vas mourir, mon frère
Quand tu vas mourir
Tu n'auras rien vu, mon frère
Et rien entendu

Au seuil de la nature

Je me demande parfois si nos gouvernants, à force de pouvoir, ne sont pas devenus fous. Je me demande parfois s'il ne faudrait pas les enfermer. On leur rendrait service, d'une certaine manière, en leur évitant de faire sauter la planète, et de se faire sauter avec. Voilà qui préserverait leur sacro-saint égoïsme.

Vous voyez l'allusion et vous vous insurgez :

« Il n'y a plus de pétrole, enfin, il faut bien trouver des solutions. »

En empoisonnant le monde ? Je ne crois pas que c'en soit une. Nul besoin d'être écologiste dans l'âme pour comprendre qu'on nous mène à la catastrophe et que c'est notre devoir d'empêcher les fous de s'occuper de ce qui ne les regarde pas. Chacun sa place, je le disais plus haut.

Plus de pétrole, et alors ? Nos ancêtres ont parcouru le monde à pied avant même que le cheval ne soit reconnu comme un moyen de locomotion. S'en sont-ils plus mal portés ? On dirait bien que non, puisqu'ils ont trouvé par là le moyen de survivre pour évoluer jusqu'à nous. Ce n'est, ma foi, pas si épouvantable de revenir en arrière. Aujourd'hui, à moindres frais, on peut s'offrir un aller-retour en vélo. Il n'y a pas de petits transports. Alors entre nous, je n'ai pas la prétention de changer le monde, ni la naïveté de croire que l'on va faire transiter des marchandises d'un pays à un autre sur planche à roulettes, mais pour ce qui est de nos habitudes personnelles, un petit tour en patins s'impose, vous ne croyez pas ? Mieux vaut nous habituer dès maintenant, car peu à peu, le manque de ressources énergétiques – ou la prochaine catastrophe nucléaire, qui sait ? – nous obligera à revivre à l'ancienne. Il nous faudra tout réapprendre, tout reconstruire de nos mains devenues fragiles. Finies, les manucures en ville !

Vous vous demandez si j'ai perdu la tête ?

Non, j'ai mes facultés. Et d'ailleurs, mon bon sens me dicte de laisser aux gens tout aussi raisonnables le soin de décider pour moi. Quant aux autres, les empoisonneurs, hors de question de mettre mon existence entre leurs mains peu scrupuleuses, et de les laisser échanger notre vie contre ce qui reste dans nos sous-sols d'or noir. Pensent-ils que la grasse odeur du pétrole et la couleur du dollar vont faire vivre les populations futures ?

Quand vous aurez mis feu à la Terre
Fait de toute chose un enfer
Et pollué le ciel et l'univers
Le fond des mers
Et comme l'eau de nos rivières
Que trouverez-vous encore à faire

Quand nous serons réglementés
Agonisants de conneries
Quand nous aurons les reins brisés
Par ces pouvoirs qu'on aura mis
Et qu'ils pourront nous manœuvrer
À leur guise et leurs envies
Nous en serons bien avancés
Quand nous serons robotisés
Comme l'abeille et la fourmi
À jamais déshumanisés
Disciplinés et asservis
Du tout premier jusqu'au dernier
Petit souffle de notre vie
Nous en serons bien avancés
Lorsque tout nous sera dicté
Dans un horizon tout tracé
Asservis par l'électricité
Et toute une technicité
Artificiellement inséminés
Et peut-être même clonés
Frères humains sans liberté
Nous en serons bien avancés

Pour me protéger des errements de ces fous furieux, je n'ai pour arme que des gestes simples (on agit à sa mesure). Ne pas oublier d'éteindre l'électricité lorsque je sors, vérifier que les robinets ne coulent pas, goutte après goutte, ne pas jeter mes détritus n'importe où en faisant mine de croire qu'ils vont se résorber par la force du Très-Haut, ces petites choses-là rythment mon quotidien. Il fut un temps où je balançais sans y penser du papier par la vitre baissée de ma voiture. Finie, cette période ! J'ai appris à accomplir de ces pas minuscules qui, reproduits à grande échelle, pourraient faire la différence et rattraper, sait-on jamais, les dégâts de notre pollution dans les océans, de nos engrais dans la terre, de nos moteurs dans l'air, de l'air corrompu dans nos poumons. Le chemin a été tortueux mais, désormais, ma jeunesse pollueuse et inconsciente n'est plus qu'un vieux souvenir.

À mon âge, je pourrais songer avec mélancolie à cette époque délicieuse où l'on ne calculait rien, où l'on croyait pouvoir utiliser les ressources de la Terre sans se poser de questions. Cela ne me tente pas, je suis trop attiré par le futur pour prétendre faire marche arrière. Le passé ne doit être à mes yeux qu'un merveilleux réservoir de chansons ; et le présent qui s'offre à nous doit requérir toute notre attention. C'est un présent de détritus et de gaz d'échappement, de bruits incessants dans nos oreilles, de nourriture écœurante, de pain d'usine, de hot-dogs et de hamburgers boursouflés, de bonbons aux prétendus fruits, de farine OGM dont on ne sait rien mais qu'on utilise quand même ; bref, un présent à fabriquer des malades et des obèses.

Nous avons volé la terre aux bêtes
Le ciel aux oiseaux, la mer aux poissons
Nous avons très tôt entrepris de construire
Des murs et nous nous sommes emprisonnés
Dans nos maisons au nom de la liberté
Nous avons tracé des frontières
Pour empêcher d'autres de nous rejoindre
Nous avons inventé des religions au nom

D'un même Dieu et violé
La liberté de penser de nos voisins
Insectes de passage, absents ou passés
Poussière de demain, nous avons oublié
Que les mains n'étaient faites que pour
Travailler, caresser et se tendre
Vers d'autres mains

Trop souvent je parle de mon manque de culture. Ça n'est pas un complexe, non, mais la grosse tête étant une maladie contractée par quelques-uns de nos confrères, je tâche de m'en préserver en me rappelant d'où je viens.

À présent c'est fait, je peux le clamer haut et fort : j'ai fait le grand pas vers la culture – je suppose que c'est un travers propre à ceux qui un jour se retrouvent avec une plume à la main.

Comme toute machine ayant atteint un âge respectable, et dont les membres commencent à craquer, je fais de l'huile.

Dur dur de me suivre ? Allons à l'essentiel.

Je me suis rapproché de la nature. J'étais un homme des villes, maladroit et inutile, je redeviens un homme de la terre.

Des vers au vert, cela devait m'arriver. J'ai beaucoup lu et j'ai fini, non pas cultivé au max, mais cultivateur.

Vous y voyez plus clair à présent ?

Oui, j'ai planté, ou plus exactement fait planter, sur une terre que je possède dans les Alpilles, un joli nombre d'oliviers dont je tire chaque année une belle quantité de litres d'huile d'olive de toute première qualité. C'est ma petite folie, et je m'applique à ce qu'elle soit l'une des meilleures que l'on puisse trouver. Oh, ça n'est pas une industrie, mais je la soigne, mon huile, comme ces amoureux soignent des roses. Je suis l'évolution de mes olives de la naissance jusqu'à la cueillette, les porte au meilleur moulin, qui la met en bouteilles dans des flacons sombres. Je ne fais pas fortune de ce commerce, mais me régale du produit de mon travail. Je m'en délecte en collectionneur, et chaque fois que j'entends vanter mon produit, je suis aux anges. C'est une minuscule entreprise que la mienne, elle me coûte plus qu'elle ne me rapporte, mais le plaisir que je prends à suivre son évolution de l'arrosage à la vente aux connaisseurs, en passant par l'embouteillage, me ravit.

Je fais à présent attention aux saisons, à la sécheresse, aux jours de pluie, aux bonnes et aux mauvaises années.

Le moment le plus formidable est au petit matin, quand, à bord de mon véhicule électrique, je fais le tour de mon exploitation… J'avais une âme d'artiste, elle est en train de devenir une âme de paysan. C'est mon retour à la nature, et je peux dire mon entrée en culture. Ici, ce n'est pas le certificat d'études que j'obtiendrai, mais peut-être, qui sait, avec beaucoup de chance, le mérite agricole. Et là, jaloux comme je le suis de mon fief, je risque de l'attraper, la grosse tête de paysan méridional.

Épilogue

La vie n'est faite que de portes qui tantôt s'entrouvrent, tantôt se ferment. Si vous y réfléchissiez un instant, vous seriez surpris du nombre de seuils qui ont, à travers elles, jalonné votre vie. Il vaut mieux, d'ailleurs, ne pas y penser, vous en attraperiez le tournis. Toutes ces portes…

Il en est des neuves et des anciennes, des légères, des lourdes, des massives, des vitrées, des basses, des gigantesques. Il en est qui claquent, virevoltent à grand bruit, d'autres qui grincent, ou encore se referment en silence. Qu'on s'y frotte, qu'on s'y cogne ou qu'on y tambourine, notre vie n'a pour but que de les franchir. Certaines nous font entrevoir des joies insensées, et se ferment à nous, nous emprisonnent : ce sont les portes malheurs ; d'autres, sous des dehors indociles, s'ouvrent avec grâce, nous libèrent : elles sont nos portes bonheurs. Nous avons soudain la clef en main, et découvrons que c'est la clef d'*ut*, la clef de *sol*, la clef des songes, la clef des champs…

Mais un jour vient où la vie fout le camp. On met ses pas dans ses propres traces, ce qu'il y avait autrefois de si mystérieux derrière le seuil n'a plus de secret pour nous. Alors on se rappelle ce temps béni où l'on enfonçait des portes ouvertes, par simple fierté, pour le plaisir d'émerger de l'ombre, et la saveur de ce moment nous assaille comme un doux regret. Car les obstacles se sont enfuis et nous manquent. Verrouillées hier, les portes ont déployé leurs battants, le parcours est semé de roses et tressé de lauriers. C'est qu'il est temps de partir, même si « quitter » n'est pas un mot que l'on aime.

J'ai vécu ma vie de seuil en seuil, abandonnant le vestibule de l'ignorance pour pénétrer dans l'antre du savoir, celui des coulisses pour entrer en scène, celui de la pauvreté pour enfin « m'en sortir », jamais satisfait, sans cesse idéaliste, toujours confronté à une porte plus haute, plus épaisse, prétendument infranchissable, et la franchissant. De l'ombre à la lumière, il n'y avait donc qu'un pas, mais ce pas-là, il a été l'affaire de toute mon existence.

Bon, alors salut !
Ne claquez pas la porte avant que de partir
Car pour mon sommeil éternel
Je préférerais qu'il n'y ait
Que les bruits de la nature
Dans mon dernier lieu
De villégiature
Pour me bercer gentiment
Alors merci
Et à bientôt
Enfin, prenez votre temps
Dans l'éternité, rien ne presse
Non
Vraiment
Rien, enfin je crois
Ou je veux le croire

RÉALISATION : NORD COMPO À VILLENEUVE-D'ASCQ
IMPRESSION : CPI BRODARD ET TAUPIN À LA FLÈCHE
DÉPÔT LÉGAL : SEPTEMBRE 2012. N° 108808 (69378)
Imprimé en France

Éditions Points

DERNIERS TITRES PARUS

P2709. Le Meurtrier de l'Avent, *Thomas Kastura*
P2710. Le Club, *Leonard Michaels*
P2711. Le Vérificateur, *Donald Antrim*
P2712. Mon patient Sigmund Freud, *Tobie Nathan*
P2713. Trois explications du monde, *Tom Keve*
P2714. Petite sœur, mon amour, *Joyce Carol Oates*
P2715. Shim Chong, fille vendue, *Hwang Sok Yong*
P2716. La Princesse effacée, *Alexandra de Broca*
P2717. Un nommé Peter Karras, *George P. Pelecanos*
P2718. Haine, *Anne Holt*
P2719. Les jours s'en vont comme des chevaux sauvages dans les collines, *Charles Bukowski*
P2720. Ma grand-mère avait les mêmes. Les dessous affriolants des petites phrases *Philippe Delerm*
P2721. Mots en toc et formules en tic. Petites maladies du parler d'aujourd'hui, *Frédéric Pommier*
P2722. Les 100 plus belles récitations de notre enfance
P2723. Chansons. L'Intégrale, *Charles Aznavour*
P2724. Vie et opinions de Maf le chien et de son amie Marilyn Monroe, *Andrew O'Hagan*
P2725. Sois près de moi, *Andrew O'Hagan*
P2726. Le Septième Fils, *Arni Thorarinsson*
P2727. La Bête de miséricorde, *Fredric Brown*
P2728. Le Cul des anges, *Benjamin Legrand*
P2729. Cent seize Chinois et quelque, *Thomas Heams-Ogus*
P2730. Conversations avec moi-même. Lettres de prison, notes et carnets intimes *Nelson Mandela*
P2731. L'Inspecteur Ali et la CIA, *Driss Chraïbi*
P2732. Ce délicieux Dexter, *Jeff Lindsay*
P2733. Cinq femmes et demie, *Francisco González Ledesma*
P2734. Ils sont devenus français, *Doan Bui, Isabelle Monnin*

P2735. D'une Allemagne à l'autre. Journal de l'année 1990
Günter Grass
P2736. Le Château, *Franz Kafka*
P2737. La Jeunesse mélancolique et très désabusée d'Adolf Hitler
Michel Folco
P2738. L'Enfant des livres, *François Foll*
P2739. Karitas, l'esquisse d'un rêve, *Kristín Marja Baldursdóttir*
P2740. Un espion d'hier et de demain, *Robert Littell*
P2741. L'Homme inquiet, *Henning Mankell*
P2742. La Petite Fille de ses rêves, *Donna Leon*
P2743. La Théorie du panda, *Pascal Garnier*
P2744. La Nuit sauvage, *Terri Jentz*
P2745. Les Lieux infidèles, *Tana French*
P2746. Vampires, *Thierry Jonquet*
P2747. Eva Moreno, *Håkan Nesser*
P2748. La 7e victime, *Alexandra Marinina*
P2749. Mauvais fils, *George P. Pelecanos*
P2750. L'espoir fait vivre, *Lee Child*
P2751. La Femme congelée, *Jon Michelet*
P2752. Mortelles Voyelles, *Gilles Schlesser*
P2753. Brunetti passe à table. Recettes et récits
Roberta Pianaro et Donna Leon
P2754. Les Leçons du Mal, *Thomas Cook*
P2755. Joseph sous la pluie. Roman, poèmes, dessins
Mano Solo
P2756. Le Vent de la Lune, *Antonio Muñoz Molina*
P2757. Ouvrière, *Franck Magloire*
P2758. Moi aussi un jour, j'irai loin, *Dominique Fabre*
P2759. Cartographie des nuages, *David Mitchell*
P2760. Papa et maman sont morts, *Gilles Paris*
P2761. Caravansérail, *Charif Majdalani*
P2762. Les Confessions de Constanze Mozart
Isabelle Duquesnoy
P2763. Esther Mésopotamie, *Catherine Lépront*
P2764. L'École des Absents, *Patrick Besson*
P2765. Le Livre des brèves amours éternelles, *Andreï Makine*
P2766. Un long silence, *Mikal Gilmore*
P2767. Les Jardins de Kensington, *Rodrigo Fresán*
P2768. Samba pour la France, *Delphine Coulin*
P2769. Danbé, *Aya Cissoko et Marie Desplechin*
P2770. Wiera Gran, l'accusée, *Agata Tuszyńska*
P2771. Qui a tué l'écologie ?, *Fabrice Nicolino*
P2772. Rosa Candida, *Audur Ava Olafsdóttir*
P2773. Otage, *Elie Wiesel*
P2774. Absurdistan, *Gary Shteyngart*
P2775. La Geste des Sanada, *Yasushi Inoué*

P2776. En censurant un roman d'amour iranien *Shahriar Mandanipour*
P2777. Un café sur la Lune, *Jean-Marie Gourio*
P2778. Caïn, *José Saramago*
P2779. Le Triomphe du singe-araignée, *Joyce Carol Oates*
P2780. Faut-il manger les animaux ?, *Jonathan Safran Foer*
P2781. Les Enfants du nouveau monde, *Assia Djebar*
P2782. L'Opium et le Bâton, *Mouloud Mammeri*
P2783. Cahiers de poèmes, *Emily Brontë*
P2784. Quand la nuit se brise. Anthologie de poésie algérienne
P2785. Tibère et Marjorie, *Régis Jauffret*
P2786. L'Obscure Histoire de la cousine Montsé, *Juan Marsé*
P2787. L'Amant bilingue, *Juan Marsé*
P2788. Jeux de vilains, *Jonathan Kellerman*
P2789. Les Assoiffées, *Bernard Quiriny*
P2790. Les anges s'habillent en caillera, *Rachid Santaki*
P2791. Yum Yum Book, *Robert Crumb*
P2792. Le Casse du siècle, *Michael Lewis*
P2793. Comment Attila Vavavoom remporta la présidentielle avec une seule voix d'avance, *Jacques Lederer*
P2794. Le Nazi et le Barbier, *Edgar Hilsenrath*
P2795. Chants berbères de Kabylie, *Jean Amrouche*
P2796. Une place au soleil, *Driss Chraïbi*
P2797. Le Rouge du tarbouche, *Abdellah Taïa*
P2798. Les Neuf Dragons, *Michael Connelly*
P2799. Le Mécano du vendredi (illustrations de Jacques Ferrandez), *Fellag*
P2800. Le Voyageur à la mallette *suivi de* Le Vieux Quartier *Naguib Mahfouz*
P2801. Le Marquis des Éperviers, *Jean-Paul Desprat*
P2802. Spooner, *Pete Dexter*
P2803. « Merci d'avoir survécu », *Henri Borlant*
P2804. Secondes noires, *Karin Fossum*
P2805. Ultimes Rituels, *Yrsa Sigurdardottir*
P2806. Le Sourire de l'agneau, *David Grossman*
P2807. Le garçon qui voulait dormir, *Aharon Appelfeld*
P2808. Frontière mouvante, *Knut Faldbakken*
P2809. Je ne porte pas mon nom, *Anna Grue*
P2810. Tueurs, *Stéphane Bourgoin*
P2811. La Nuit de Geronimo, *Dominique Sylvain*
P2812. Mauvais Genre, *Naomi Alderman*
P2813. Et l'âne vit l'ange, *Nick Cave*
P2814. Les Yeux au ciel, *Karine Reysset*
P2815. Un traître à notre goût, *John le Carré*
P2816. Les Larmes de mon père, *John Updike*
P2817. Minuit dans une vie parfaite, *Michael Collins*

P2818. Aux malheurs des dames, *Lalie Walker*
P2819. Psychologie du pingouin et autres considérations scientifiques, *Robert Benchley*
P2820. Petit traité de l'injure. Dictionnaire humoristique *Pierre Merle*
P2821. L'Iliade, *Homère*
P2822. Le Roman de Bergen. 1950 Le Zénith – tome III *Gunnar Staalesen*
P2823. Les Enquêtes de Brunetti, *Donna Leon*
P2824. Dernière Nuit à Twisted River, *John Irving*
P2825. Été, *Mons Kallentoft*
P2826. Allmen et les libellules, *Martin Suter*
P2827. Dis camion, *Lisemai*
P2828. La Rivière noire, *Arnaldur Indridason*
P2829. Mary Ann en automne. Chroniques de San Francisco, épisode 8, *Armistead Maupin*
P2830. Les Cendres froides, *Valentin Musso*
P2831. Les Compliments. Chroniques, *François Morel*
P2832. Bienvenue à Oakland, *Eric Miles Williamson*
P2833. Tout le cimetière en parle, *Marie-Ange Guillaume*
P2834. La Vie éternelle de Ramsès II, *Robert Solé*
P2835. Nyctalope ? Ta mère. Petit dictionnaire loufoque des mots savants, *Tristan Savin*
P2836. Les Visages écrasés, *Marin Ledun*
P2837. Crack, *Tristan Jordis*
P2838. Fragments. Poèmes, écrits intimes, lettres, *Marilyn Monroe*
P2839. Histoires d'ici et d'ailleurs, *Luis Sepúlveda*
P2840. La Mauvaise Habitude d'être soi *Martin Page, Quentin Faucompré*
P2841. Trois semaines pour un adieu, *C.J Box*
P2842. Orphelins de sang, *Patrick Bard*
P2843. La Ballade de Gueule-Tranchée, *Glenn Taylor*
P2844. Cœur de prêtre, cœur de feu, *Guy Gilbert*
P2845. La Grande Maison, *Nicole Krauss*
P2846. 676, *Yan Gérard*
P2847. Betty et ses filles, *Cathleen Schine*
P2848. Je ne suis pas d'ici, *Hugo Hamilton*
P2849. Le Capitalisme hors la loi, *Marc Roche*
P2850. Le Roman de Bergen. 1950 Le Zénith – tome IV *Gunnar Staalesen*
P2851. Pour tout l'or du Brésil, *Jean-Paul Delfino*
P2852. Chamboula, *Paul Fournel*
P2853. Les Heures secrètes, *Élisabeth Brami*
P2854. J.O., *Raymond Depardon*